7

Jul.

彩虹到来时

[日] 川端康成 著 安素 译

文化发展出版社
Cultural Development Press

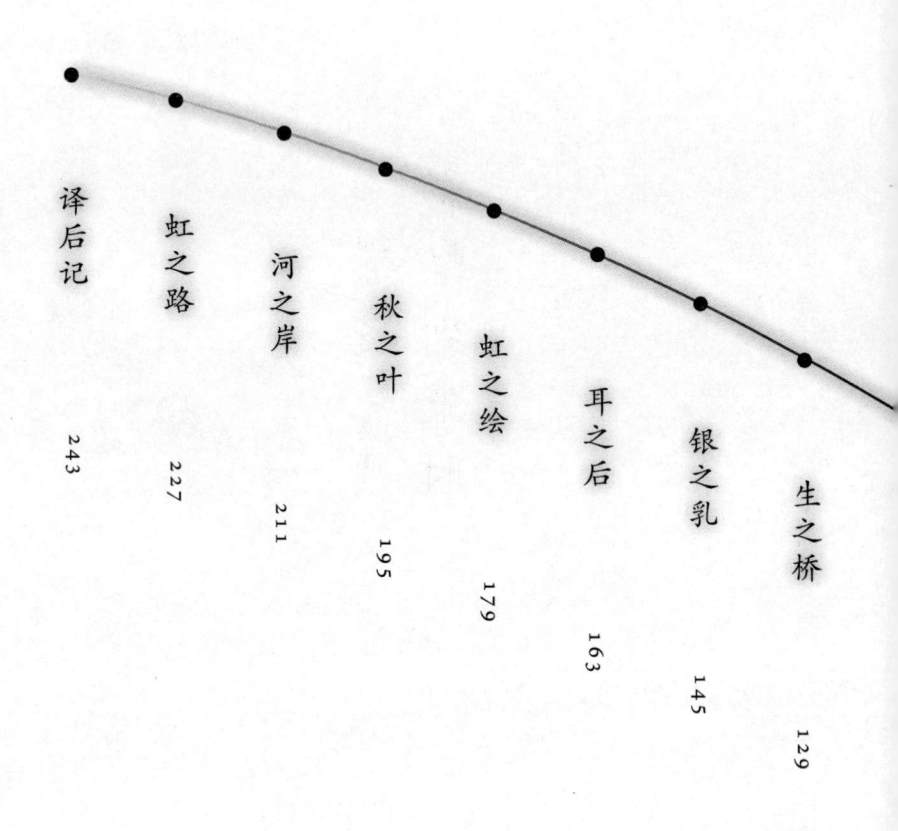

- 生之桥 129
- 银之乳 145
- 耳之后 163
- 虹之绘 179
- 秋之叶 195
- 河之岸 211
- 虹之路 227
- 译后记 243

目录

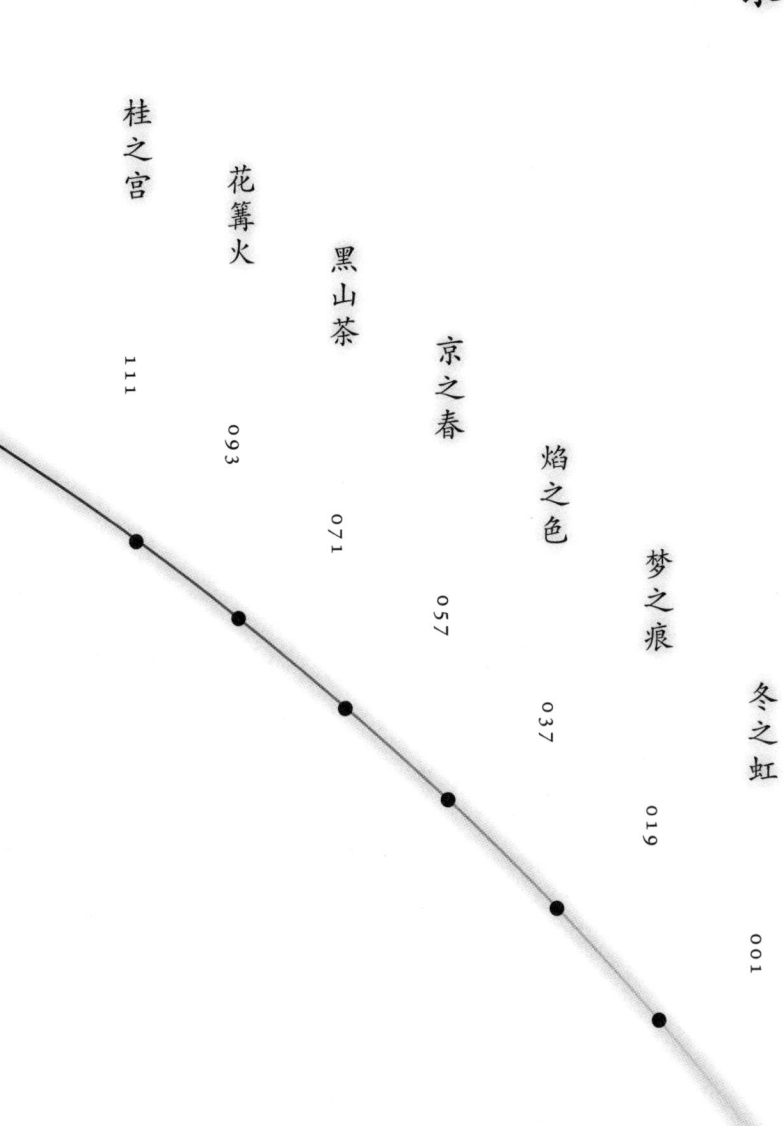

- 冬之虹　001
- 梦之痕　019
- 焰之色　037
- 京之春　057
- 黑山茶　071
- 花篝火　093
- 桂之宫　111

冬之虹

一

琵琶湖对岸浮现出彩虹时，麻子刚好看见。

彦根已过，还没到米原。岁暮的火车上空空荡荡的。

彩虹是何时出现的呢？麻子正从窗户眺望湖水，湖面上忽然浮现出一道彩虹，令人不由得发出一阵惊叹。

麻子面前的男人也看到了彩虹。

"小智衣，小智衣，彩虹，彩虹，看啊，彩虹出来了！"

他一边说着，一边把婴儿举到窗前。

四人座席上，从京都开始麻子就和这个男人相对而坐，加上男人带的婴儿，实际上是三个人。

麻子落座在窗边。男人坐在靠近通道的座位上，出了东山的隧道，他就让婴儿枕着自己的膝盖，睡在座位上。

"高了点。"

男人嘀咕着，把外套折了起来。

外套能折出像模像样的褥子吗？麻子有些担心。但是男人做得很好。

把外套折成的褥子垫在婴儿身下，与膝盖高度就差不多刚好了。婴儿被包裹在花朵图案的柔软毛毯里，她不停晃动着手臂，看着头顶上的父亲。

看来，男人是独自带着婴儿旅行的，上车之前麻子就注意到了。发现两人座位正对面，她想，路上自己免不了要搭把手吧。

男人抱着婴儿，让她面向彩虹，对麻子说："冬天出现彩虹真是不常见啊。"

"是啊。"

对方出乎意料地跟麻子攀谈，让她有些不知所措。

"不，不对，也不是那么稀罕啊。"

男人自己否定了自己。

"米原马上就到了，在米原可以转北陆线——那次是反方向，我从金泽到米原，然后去京都，在火车上看见了好几道彩虹。北陆线上常能看见彩虹，而且都很小巧可爱。一出隧道，就会看见那边小山上挂着一道小巧的彩虹；一看到海，又有一道小巧的彩虹横跨山丘和水岸。那是三四年前的事了，我忘记了是几月，金泽细雪纷飞，冷得很，正是冬季呢。"

当时，这人也带着婴儿旅行吗？麻子试着想象。

不过，她马上意识到，三四年前这孩子还没出生。麻子几乎笑出声来，说："不过，一看到彩虹，就觉得是在春天、夏天。"

"是啊，那种颜色不是冬天的颜色啊。"

"您还是从米原去金泽吗？"

"今天吗？"

"对。"

"今天回东京。"

婴儿两手抵住车窗玻璃。

"婴儿也知道那是彩虹吗？就算给她看……"麻子说。她从刚才就一直在怀疑。

"这个嘛，究竟怎样呢？"

男人也思考起来。

"不知道吧……肯定是不知道的。"

"不过她在看呢！"

"看是在看。不过，这个啊——婴儿不看远处的东西，也不会注意到。没有必要看。遥远的空间和遥远的时间是不存在的——对这个婴儿来说。"

"她现在多大了？"

"满九个月了。"

男人毫不含糊地回答。他把婴儿抱过来面对麻子。

"给小智衣看彩虹也没用哦。被旁边的大姐姐批评了。"

"哎呀，哪里说得上批评……和爸爸一起坐着火车，被抱在怀里，这么小就能看见彩虹，真是幸福啊。"

"这孩子可记不住啊。"

"只要你记得，以后说给她听就好了呀！"

"就这么办。等这孩子长大了，总归要经常在东海道上来来往往的。"

婴儿看着麻子，绽出笑颜。

"可是，这孩子就算再来往东海道多少次，琵琶湖上挂着彩虹，不知还能不能再次看到呢。"

男人接着说。

"你说到幸福，我就想多了。岁暮看到这么漂亮的彩虹，我们这些大人自然会想到明年是好运的一年，幸福会来访。"

"是啊。"麻子确实是这么想的。

盯着彩虹，麻子的心被带往湖水那边彩虹的方向。她想去那彩虹之国生活。现实点来说，她想去彩虹浮现的对岸旅行。麻子经常坐火车经过这里，琵琶湖的对岸是什么样，她从来没想过。来东海道线的游客很多，但去对岸的人应该很少吧。

彩虹挂在水面的右侧，麻子觉得，火车正向着彩虹驶去。

"这边岸上有大片油菜花和紫云英田，春花烂漫时看到彩虹，那才是幸福的感觉啊。"男人说。

"那可真是美景如画啊。"麻子回答。

"不过，冬天的彩虹多少有些不吉利。寒带开出热带的花，就像是废君的恋爱啊。彩虹脚上，还猛然断了一截，大概是这个原因吧……"

如男人所言，彩虹脚上是断的，只露出底下的一截，上面被云雾遮住了。

雨雪将至，阴云滞息于天空，遮住了天光，一直延至对岸，在天际线上低低收住，在对岸留下了一线明亮的光带。对岸的水面上，光带中透出微弱的阳光。

彩虹只留下光带那么高。

彩虹脚上几乎是直立的。因为只露出彩虹脚，所以看起来更显粗壮，如果描绘出弓形，应该是一道相当壮丽的彩虹。弓形的另一端应该在相当遥远的地方。当然，现在只能看见一边的彩虹脚。

说是彩虹脚，其实彩虹并无脚，悬浮在空中。仔细看的话，彩虹像是从此岸的水面上浮现出来的，又像是从彼岸的陆地上浮现出来的。彩虹顶端是消失在云雾之外，还是隐藏在云雾里，谁都说不清。

不过，残缺的彩虹浮现在空中，更为鲜明动人，仿佛彩虹那华丽的哀伤呼唤着云彩一起升天。麻子越看越觉得是这样。

云也不寻常。上面阴云沉沉，对岸垂下的云脚处，仿佛蛰伏着一团阴谋,一动不动地,等着随时反扑。

火车渐渐靠近米原,彩虹消失了。

男人从网架上取下行李箱。

里面应该全是婴儿的东西吧。尿布也整整齐齐地放了好几叠。还能看见桃红色的换洗衣服。

看着男人准备换尿布,麻子主动探身道:"我来吧——"

她本来准备说"搭把手",又觉得这个说法很唐突,于是没有说出口。

"不,让小姐来就……"男人看都没看她,说:"我已经习惯了。"

男人把报纸放在暖气上,再把干净尿布放在上面。

"真细心!"

麻子很是佩服。

"习惯成自然了。"男人笑道。

"您换过尿布吗?"

"没有。不过,学校教过。"

"学校?对,那地方啊……"

"我会的。我看人换过,而且我是女人……"

"那……当然是没问题啦。我可是不得不干,都干腻了呢。"

男人摸了摸暖气上的尿布。

麻子看见行李箱上挂着写有"大谷"的姓名牌。

大谷看起来是个老手了。他动作轻柔地往女婴双腿间擦拭了三四下。麻子脸上不由泛起了红潮，赶紧挪开视线。大谷把旧尿布团作一团，抬起婴儿的屁股，灵巧地给她换上新尿布，然后扣上外罩的纽扣。

"真熟练啊！"

对面的乘客说。能看到的乘客都在观看这一幕。

大谷用毛毯把婴儿包好，把湿尿布塞进橡胶袋，又从行李箱的某个角落，掏出一个大号化妆盒模样的东西。这个盒子里又装着白铁皮盒，白铁皮盒里面，装着保温杯和标有刻度的奶瓶。

行李箱被划分成三个区：一边放着喂奶工具，中间是干净的尿布和换洗衣服，另一边是橡胶袋。

在感佩之外，麻子又觉得他有几分可怜。

不过，麻子仍然一边微笑，一边看着婴儿喝奶。

"手忙脚乱的，让您见笑了。"大谷说。

麻子赶紧摇头。

"没那回事。您真厉害……"

"这孩子的母亲，留在京都……"

"嗯……"

孩子的母亲和父亲分开了吧。这种事情，麻子不可能去追根问底。

大谷看上去三十岁上下，浓黑的眉毛，胡须剃后的青印明显，额头到耳际的皮肤稍显苍白。全身上下整洁利落。

他抱住婴儿的手指上，能看见黑色的汗毛。

婴儿喝完了奶，麻子掏出梅干糖。

"婴儿能吃吗？"

她递给大谷看。

"可以啊。"

大谷拈起一颗糖，放进婴儿口中。

"这是京都的小石头啊。"

"嗯，是君之代[1]的小石头。"

婴儿嘴里含着糖块会鼓起一边面颊，麻子一直看着——然而并没有——有些担心她会不会把整块都吞下去，似乎也并不是那样。

二

"祝您过个好年。"

在东京站下车的时候，大谷对麻子说。

虽说这是岁暮的寻常祝词，但麻子听了仍然感觉很愉快。

1　一家点心店名。

"多谢。也祝您过个好年,宝宝也是。"

麻子说着,脑中突然浮现出琵琶湖的彩虹。

自己和大谷只是萍水相逢,再也不会相见了吧……

麻子回到家,道声"我回来了",问姐姐:"爸爸呢?"

姐姐百子没好气地回道:"出门了。"

"是吗?"

"不是整天在外面嘛。"

麻子筋疲力尽地歪坐在火盆旁,一边解外套的纽扣,一边打量姐姐。

"姐姐也要出门?"

"嗯。"

"哦……"

麻子忽然站起身,走到外廊上。

"不在家,爸爸他……就算去他房间也不在。"

百子清亮的声音从身后传来。

"嗯,不过……"

麻子的低声自语,百子听不清。

她打开父亲房间的灯,拉开纸门。

"伊贺蹲花瓶[1],白山茶……"

麻子自言自语,看了眼壁龛上的花。

靠近壁龛,麻子认出挂轴还是她去京都前的那个,只有花换过了。

麻子扫了一眼父亲的书桌,然后出了房间。空无一人的房间寂寞冷清,反而令人宽下心来。

回到起居室,女佣来收拾餐桌。

姐姐好像是一个人吃的晚饭。

百子抬头看着麻子,说:"去房间检查过了?"

"说什么检查……"

"旅行回来,家里人都不齐,感觉不太好吧。"

百子神定气闲地说。

"快去换衣服吧,洗澡水已经好了。"

"嗯。"

"发什么呆?累了吗?"

"火车很空,一路上挺轻松的。"

"那就坐下吧。"

百子笑着,给她倒了一杯粗茶。

---

1 伊贺产的著名陶器,因状似抱膝蹲下而得名。

"今天要回来,事先打个电报不就好了?要是打了,爸爸说不定会留在家里呢。"

麻子默默坐下。

"爸爸四点左右出去的,最近他回家都很晚。"百子说。

麻子惊喜地叫道:"啊,姐姐,你头发绾起来了,给我看看!"

"不要,不要!"

百子按住后脖颈。

"喂,给我看看嘛。"

"不要!"

"为什么不给人看?什么时候做的?喂,转过来让我看看……"

说着,麻子以膝着地,想要绕行到姐姐背后,一只手抓着姐姐的肩膀。

"不要,羞死人了!"

百子真的连脖颈都红了。

不过,好像害羞得过分了,她也意识到了这一点,于是放弃了挣扎。

"脖颈的发脚太高了,怪怪的。不合适吧?"

"没有的事,很适合你,好可爱!"

"怎么可能可爱?!"

百子的肩膀僵住了。

因为少年总是撩起百子后面的头发，亲吻她的后颈。今天为了方便亲吻，她把后面的头发绾了起来，百子也会亲吻少年的后颈，他还记得吗？

因此，百子才不知不觉中含羞带怯。不过妹妹当然不可能知道。

麻子很少看到姐姐露出脖颈。现在姐姐把头发绾上去露出脑后的高发脚，看上去分外新鲜，显得脖子更纤细修长。脖颈正中的凹陷比一般人的更深，像姐姐的纤弱身影一样笔直。

麻子想把姐姐后颈的散发拢上去，手指刚一碰上，"喂……"百子避开了，肩膀瑟瑟颤抖。

"啊，打了个寒战，真讨厌。"

少年的唇碰触那里的时候，她也会有一种心神不宁的感觉，跟现在有点像。

妹妹吃了一惊，收回了自己的手。

百子保守着绾起头发的秘密，妹妹就在面前，她倒不好意思出发去见少年了。

她有些懊恼，顺带觉得妹妹也可恶起来。

"麻子，你从京都回来，想早点跟父亲说上话吧。"百子开诚布公地说，"我很明白，不用隐藏……说是去出嫁的朋友家，那是在撒谎吧。"

"我才没有说谎。"

"嗯,没有说谎。朋友家是去过了,不过,那并不是你的目的。"

麻子低着头。

"让我来猜猜吧。我可以说吧?"百子语气变得柔和,"麻子去京都是想找妹妹,找到了吗?"

麻子吃惊地看着姐姐。

"找到了吗?"

麻子轻轻摇摇头。

"没找到?"

麻子点点头。

"是吗?"

百子避开妹妹盯着自己的目光。

"幸好没找到。我是这么想的。"

她仿佛如释重负。

"姐姐!"麻子叫着百子,哭了出来。

"怎么了,麻子?"

"但是,爸爸不知道啊。麻子是为了那件事去京都……"

"是这样吗……"

"真的。"

"是吗?爸爸可是很敏感的人。连我都看出来了……"

"爸爸跟姐姐说过什么吗?"

"怎么可能说什么。麻子真是个笨蛋。"

百子的目光转回到麻子脸上。

"哭哭啼啼的,我最讨厌了。有什么好哭的!"

"嗯。但是,我真的觉得,这件事最好不要告诉爸爸。还是说清楚好?没有告诉姐姐,是我不对。"

"告不告诉爸爸,其实是无关紧要的事。关键是去找妹妹这件事对不对,是吧?"

麻子还是呆呆地盯着百子。

"麻子是为了谁去京都的?为了爸爸?为了我们?为了麻子的妈妈?还是为了妹妹?"

"并不是为了谁。"

"难道……是道德上感到有责任?"

麻子摇摇头。

"那就当作麻子一时伤感,就这样吧。"

百子接着说:"麻子去找妹妹,是出于亲情,不管那孩子能不能找到,麻子的情义她知不知晓,只要麻子有这份心,对麻子和妹妹来说,都是一件好事。哪一天你见到了妹妹,今天这份心意就能用上了。我是这么想的。"

"姐姐。"

"不过,这就像游泳,每个人都有自己的习惯,池子里的水温有人觉得适合自己，也有人觉得不适合。对于京都那孩子，要是有个陌生人冒冒失失出现在她面前拉住她，她会怎么想呢？兄弟姐妹早晚都会成家，还是不要打扰人家了。麻子你也好好想想吧。"

"但是，爸爸是怎么想的呢？"

"谁知道呢？有人说过，一个人活过的岁月、一个人的心灵所能抵达的时间的深度，就是这个人的深度。爸爸身上也有麻子看不穿的地方吧？"

"这不是爸爸说过的话吗？"

"是啊，他不想理睬人的时候，就这么说。"

百子扑哧一笑。

"了解人类的历史、思考人类的未来的时候，他就沉浸在心灵能到达的时间里了。"

麻子点了点头。

百子边观察麻子的脸色边说："麻子的妈妈在去世之前，好像很记挂京都那孩子的事。所以麻子才会去京都吧？"

麻子的心一阵疼痛。

"不过，这到底是不是麻子妈妈心中所愿还不清楚呢。麻子的妈妈是个温柔的人，即使是别人的孩子她也能做到毫无芥蒂。与其在自己死后京都的孩子要回家里，不如自己还在世的时候已经完全原谅了吧。否则，去世的妈妈不是很可怜吗？也许，她心里就这么想过呢。麻子想让妈妈当好人才去了京都,真是糊涂啊!"

麻子以手掩面抽噎着,继而俯身恸哭。

"好了,不说了……姐姐要出去了。"

麻子哭得肩膀如波浪般抖动。

百子带着训斥的口气说:"别哭了。你再哭,我都没法走了!"

"姐姐!"

"让我走吧。对不起,麻子……你去泡个澡吧。我马上回来。"

"好……好的。"

麻子一边哭着,一边跌跌撞撞地出了起居室。

她抓住浴缸的边沿,继续哭泣。

百子出门了,外面传来关门的声音。

麻子依然泪流不止。

她忽然想起了母亲的日记。

百子之所以经常说"麻子的妈妈",是因为麻子的妈妈并不是百子的生母。

麻子忽然想起母亲日记里的一节,里面提到父亲对百子的评价——百子接二连三地跟少年陷入情网,可能是因为第一个男人让她吃尽了苦头,可能是因为在学校沉迷于同性之爱,也可能是因为作为女人身体总是得不到满足。

答案不得而知,父母二人都疑惑不解,母亲写道。

"如今这个世道,轻而易举就能引诱到美少年。"

上面还写着父亲说的这句话,不知是开玩笑还是真心话。

"接二连三",可能是父亲或者母亲用词上的夸张,但百子的美少年们,麻子至少见过三个。

麻子想起母亲的日记,恐惧和羞耻让她停止了哭泣。

梦之痕

一

战后，曾经的宫家[1]、曾经的华族[2]、曾经的财阀门第，他们的府邸不少变成了旅馆，在热海尤其多。

椿屋原本是宫家的别墅，曾经有一位皇族的海军元帅住在这里。

快到椿屋时，麻子的父亲指着车窗外说：

"那边的房子根本不像是旅馆，却挂了两个旅馆的招牌，还是面对面……"

"这边的旅馆原本是宫家宅邸，对面的旅馆原本是侯爵家宅邸……不过这位侯爵也是从皇族降为臣下的，在战争中脚受了伤，现在是战犯，听说还在服刑，要干重体力活儿。"

在椿屋大门口下了车，父亲站在原地，环视四周。

"以前我走这条路时，经常从门缝往宫家院子里看。门永远关着，进不到里面。"

---

[1] 日本皇族蒙赐宫号而另立门户的一家。
[2] 日本明治二年授予以往的公爵、诸侯的尊称。

这是去宫和梅园的路,也是去十国山口的路。

右边的小山已沉浸于暮色中,黑黢黢的松林间升起了白色的温泉水汽。薄暮之中,仿佛只有那白色的水汽生动飘曳。

"这座山上还有藤岛财阀本家的别墅。山上看起来根本不像有人住的样子。因为修别墅的时候,就特意隐于林中,从外面根本看不见。"父亲说。

"去别墅要穿过一条隧道……听说隧道上还装上了一扇厚重的铁门。那是战争期间的事了……可能是害怕暴动吧。"

这条路也横穿山腹,椿屋就建在山脚的斜坡上。主楼从路上看是两层高,从庭院里抬头看却是三层高。

"田园房很安静,所以帮您备好了田园房。"

旅馆的掌柜说着,带他们沿着庭院的石径往偏房走去。

"那是什么花?"

麻子停下脚步。

"是樱花。"掌柜回答。

"樱花?是寒樱吗?……好像不是啊。"

"嗯。寒樱今年一月底已经开过了,早就谢了。"

"爸爸,那是什么樱花?"

从麻子发现花的时候,父亲似乎就在思索。

"是什么花呢?我一时想不起来了。可能是寒樱的某一种吧。"

"是。那株樱花是先出叶子,后开花。"掌柜说,"花朵朝下,花开的时候,也像是花谢了。"

"是嘛?……看起来像是海棠。"

如麻子所言,这种樱花,花瓣泛红,花团锦簇,娇柔可人,先出叶后开花,跟海棠很相似。

在二月初的暮色中,花朵和点缀其间的薄绿楚楚动人。

"啊,水池里有鸭子。"

麻子兴致盎然地观赏着。

"旁边伊贺侯爵家的水池里,有墨西哥鸭,我以前见过,不知道现在怎么样了。"父亲说。

樱花就盛开在水池那边。

水池边还有一栋单独的屋子,看上去像是一半漂浮在水面上,听说是间茶室。

据掌柜说,那是由财阀原成田男爵建造的。

"要是没有客人的话,能不能进去看看呢?"父亲问。

麻子的父亲水原常男作为一名建筑家,一路浏览世事变迁,令他兴致盎然又感慨万分。战后,曾经的富贵人家改头换面,转身经营起旅馆和餐厅来。

在逗子,天皇的弟弟亲王家的宅邸变成了旅馆;在小田原,藩国和军阀元老山县公[1]的别墅也改作旅馆,这样的例子不胜枚举。

不过,这些宅子本来是用来私人居住的,改作旅馆和餐厅之后,多少有些勉强和不便,所以水原曾经接到请他去改造的委托。

比如椿屋,主楼加上田园房和茶室,虽然只能住下八对客人,但庭院却格外宽敞。

温泉旅馆的客房是田园房,麻子一定觉得很新鲜。

"真让人放松,就像到了农家,安静又亲切……"

"是啊,没有装饰,非常简单朴素。"

这间房按照乡下的农舍进行了重新改造,不过,并没有矫揉造作的痕迹。

"自然又和平的感觉……"

麻子环顾房间。

"啊呀,连楣窗都没有。"

这间房是八铺席,旁边的房间是六铺席,中间只以板门隔开,板门上嵌着二尺左右的纸窗。

南面和西面一半是齐腰的纸门,没有嵌玻璃。

纸门和天花板上裸露的木头,都呈浅黑色。即使开着一百坎德拉[2]的电灯仍旧很暗,大概就是这个原因。只有壁龛立柱和木地板的

---

[1] 山县大弐(1725—1767),日本江户中期的兵学家,尊皇论者。

[2] 坎德拉(candela)是发光强度的单位,简称"坎",符号 cd。

颜色不一样。

连榻榻米也特意采用了不那么细密的质地。

水原换上轻便的棉袍走到庭院,去参观茶室。麻子还没来得及换衣服。

茶室有六铺席的起居室和四个半铺席的茶室,将茶室的水房[1]称为厨房更合适,而且里面还附带一个浴室。

"可以住啊。"

水原说着,不久从茶室折返,站在桥上,抬头看向主楼。

那是一栋西式建筑。

无论是房间还是庭院,都已经失去了过去水原偷窥宫家的那种神秘感。

庭院一角的平地上有一座犬舍,养着一只健硕的狗。

"啊,真是条神气的秋田犬啊!"

水原走近,摸了摸秋田犬的头。

大狗抬起前爪抱住水原的腰,这大概是它的习惯动作。

淡黄色的短毛、竖起的耳朵和卷曲的尾巴上的毛色渐渐转浓变成茶色,水原捏捏它的耳朵,抱住它毛茸茸的头,一股生气勃勃的美流淌进胸中。

---

1 茶室附设的厨房,在此整理或清洗茶器。

热海的街道充满了乱七八糟让人难为情的临时建筑，还不如一只秋田犬。他想这么宣告。

但是，麻子好像闻到了幸福的味道：

"瑞香已经开了，这是春天到来的气息。"

"在那边的红梅底下，南天竹的新芽也冒出来了，叶子是红色的。重瓣红梅开得迟吧？"

"是啊，白梅大都已经谢了。"

"真正的红梅颜色，就像绯桃。"

整天待在家里的女人得到了短暂的解放，能快乐地享受短途旅行。跟家人同行更加安心，对女人来说很合适。

水原曾经在妻子身上看到过这种快乐，现在女儿麻子也如出一辙。

麻子在一棵矮树上发现了柠檬，她叫道："哇，好可爱！"

她试着伸手去握住柠檬。

树上只有一只柠檬，小小的，还泛着青。

"旁边是伊贺侯爵的院子，我去的时候，金合欢花开得正盛。记不清那是几月了。一进庭院，白孔雀在草地上散步，水池边上有两三只墨西哥鸭。鸭子许是怕冷，无精打采的，当时应该是冬天吧。那水池就是一个露天浴室，是温泉，里面养着天使鱼。那时候热带鱼很流行，百货店里也有卖的。侯爵尝试在温泉里养鱼，大获成功。

那鱼后来长得好大。金合欢花现在不稀奇了,但那时在侯爵家我是第一次见到。这就是侯爵的品位。宽敞的浴室里,五颜六色的热带小鸟飞来飞去。"

"哦!"

"热带迷啊。浴池的冲洗处也铺着亚马孙河的石头,还是特意运过来的。"

父亲一边说着一边往侯爵宅邸那边走去。

麻子吃惊地问:"亚马孙河?"

"对,巴西的河。石头是红色的。泡进温泉里,让人担心会有热带鸟的粪便掉在头上。一侧的墙边种着一排热带植物,青翠欲滴。还有鲜花盛开,那可是在浴室里面。面朝庭院的那一面,从上到下都是玻璃,虽说不透明,但明晃晃的,我们这些放不开的日本人都很害羞,完全不可能好好泡澡。里面都是原模原样的热带风格。天花板高高的,房间很宽敞,还放着椅子。应该是裸体做做运动,随意躺卧之间,泡一泡温泉暖暖身吧。跟害羞拘谨地缩在温泉里面完全是两回事。"

向椿屋主楼的右手边看去,白色的侯爵宅邸浮现在夕阳残照之中。

"以前白得更显眼呢,好多人说会成为空袭的目标。远远看确实太惹眼了。总之,是栋气质上就旁若无人的建筑,不是小暴君的建筑,就是大反叛家的建筑。听说侯爵从西洋回来,把院子的所有树木都连根拔起,连庭院里的点景石也全挖了出来,铺上了草坪。先人呕心沥血——也许不到这个地步——经营的日本风格园林,被改成了面目全非的西洋风格。连房子也毫不迟疑地推倒,看来侯爵想在热海的别墅重现热带的生活。室内温度一年到头都是七十华氏度[1]——七十华氏度倒还受得了,不过地板下、墙缝里,温泉的热气所到之处都长了霉,最后都烂了。看来是没有好好研究材料啊。不过,我去的时候,一走进家里,就感觉闷热潮湿,不太舒服。"

"有七十华氏度?"

"啊——也许有吧。大冬天,侯爵也只穿一件衬衫,对着打字员口述原稿。打字员是他从美国雇来的两个日裔二代。他以英语口述,编成论文,寄给外国的学会刊物。"

"哦!他是学者?"

"是动物学家。他不时会去热带猎猛兽,还曾经坐轻型飞机访问埃及。侯爵是一个脱离日本的贵族,在国外名声更大。他在潮湿拥挤的日本住不惯。这个热带风格的宅邸完全是逆风土而行……"

水原停住了话头:"当然,最后都没了。"

然后,他抬头看向屋顶上,有圆形尖塔的阁楼。

---

[1] 二十一摄氏度。

"我去的时候,那里还有一只蜂鸟活着。听说原来有两只,后来一只死掉了……"

"听说那种小鸟飞得很快,肉眼都看不清。"

"是啊。"

椿屋的照明灯亮了,照亮了整个庭院。

水原就此折返,边走边说:

"他还带我去看了二楼的卧室,里面有精美的床和各种各样的化妆品,令人大开眼界。更令人吃惊的是鞋子——床边的帘子一拉开,鞋架排列在两边,夫人的鞋子足足有四五十双。夫人也是在美国长大的日裔二代,还是那边的作风。卧室的装潢也和浴室一样,在日本人眼中简直匪夷所思。半月形的大窗户,一面玻璃从头到脚,明亮又华丽……"

水原停了停,接着又说起了美式风格的厨房和洗衣房。

经过茶室前面,走过水池上的小桥。

"啊,我想起来了。那樱花叫红寒樱。"水原笑着说。

二

"我来帮您擦背吧。上次帮爸爸擦背已经是好几年前的事了……"麻子说。她冲洗好了自己。

父亲以浴缸边沿为枕，身体沉在水下。

"嗯，是啊。麻子小的时候，我连脚趾间都给你洗得干干净净的，还记得吗？"

"记得啊。我也不是小孩了。"

父亲闭上眼睛说："我现在在想，是不是应该给麻子造一栋房子。"

"啊？麻子的房子……"

"对。"

"麻子的房子，和谁一起住呢？……要我一个人住吗？"

麻子一边冲洗身体，一边随口问道。父亲的思绪被打断了。

父亲以开玩笑的口吻说："能一起住的人还没有出现啊？"

"没有那个人。"

女儿忽然看着父亲。

"那……麻子一个人住也可以。不住也没关系。反正那是麻子的房子，这样才方便构思。爸爸毕竟是建筑师，想给每个女儿都留下一座哪怕是小小的房子，就像是遗言一样的名作。"

"遗言一样的房子？"女儿使劲摇着头，反问道，"不要，真讨厌。"

麻子也进了浴缸。

"听了让人感觉冷飕飕的。"

"没事没事。人们常说，人间万事不如意，其中数建筑是最不自由的艺术。要考虑地点、材料、用途、大小、经费、主人任性的要求，还有木匠、泥瓦匠、家具工人……像伊贺侯爵那样随心所欲的家，我一个都没有造过。遗言一样的房子，就是我自己随心所欲发挥的房子。造出来就跟自己最初想象的一样……这很难实现。"

父亲似乎在为"遗言"这个词辩解。

但是这个词依然带有几分凄凉。

父亲震惊于女儿的裸体之美。

一瞬间，他想起了旅馆庭院里的那只秋田犬。虽说把自己的女儿和秋田犬相提并论不太合适，但是，有生命的身体真美。当然，女儿的美是秋田犬无法比拟的。

秋田犬被拴在犬舍旁，动物不会建造家园。就算它们筑巢，也比人类的建筑更自然。它们不会破坏自然，也不会丑化自然。热海的街道就是建筑丑化自然的标本吧。那里已经无可救药了。如同科学的进步让人类更加悲惨，近代的建筑是否让人类更加幸福，这是个疑问。水原常常产生这样的怀疑。

如今的建筑能否像过去的一样，作为美的存在遗留于后世，这也是全世界建筑家心里的疑问。

只是，水原震惊于女儿的裸体之美，这具美丽的人体是否能居住于与之匹配的美丽居所里，他忽然产生了疑问。这疑问令他自己也感到吃惊。

建筑家，似乎忘记了身边美丽的事物、可爱的存在。

就算水原自己，也因为战火烧毁了房屋，凑合住在现在的栖身之处。

配得上女儿美丽身体的东西，能配得上女儿美丽身体的房子，人类是建造不出来的，这一点无须怀疑。如动物那般赤裸裸地生活于野外，是神创造的美。建筑上的创新，出发点大都常常来源于此吧！

总之，建筑家水原，时隔多年和麻子一起入浴，目睹女儿的美丽身体起卧行动，产生了为她建造舒适住所的想法，这是一个父亲的感动，也是一个父亲的爱意。麻子会和谁一起住在那个房子里，父亲完全没有细想。

不过，还是不太方便。在狭小的家庭浴室里，身为父亲还是要避嫌，同时未必没有年华逝去之叹。父亲提到遗言什么的，恐怕也是年华之叹的无心泄漏。

父亲先起身出了浴池，回到房间，只见桌上插着一小枝瑞香。是女儿折来的。

刚才父亲觉得女儿有些过分雀跃，原来自己也感慨万千。

二楼的客人在静静地唱着新内的《尾上伊太八》[1]，三味线弹得

---

1 净琉璃新内调《尾上伊太八》之曲取材于武士原田伊太夫和妓女尾上的殉情未遂事件。

不错。同行的艺伎似乎已经不年轻了。

麻子从浴室出来,对镜梳妆。女儿化妆的身影,也令父亲颇感新鲜。

"爸爸。"

女儿在镜中唤他。

"爸爸说有话要跟麻子说,是什么?"

"啊?"

"爸爸难道不是因为有话要对麻子说,才带我出来的吗?我好担心你。"

父亲沉默不语。

"爸爸的遗言那样的房子要建几栋呢?两栋?三栋?"

"说什么呢……"

"麻子和姐姐就要两栋了,还有京都的妹妹……"

父亲皱起了眉。

幸好此时女佣拿来了晚餐。

麻子回到火盆旁边,女佣上菜时,麻子一直俯身摆弄着瑞香花。

瑞香的花朵呈短筒形状,外面是偏紫的桃红色,到了里面,桃红色渐渐转淡。父亲也注意到了。

三

早起晴空万里，锦之浦那边的海面光芒闪烁。

"半夜里秋田犬叫了，听见了吗？"

"没有。"

女儿刚泡澡出来，正坐在镜前。

"那叫声真是中气十足……"

"是吗？"

父亲又说起了伊贺侯爵的故事。

"旁边的侯爵可是有名的华族。但是，战争前就被中止了华族待遇。据说是因为他放荡不羁，伤了华族的体面。反正最后也战败了，爵位和财产都要收回，还不如随心所欲挥霍一空，免得最后追悔莫及。"

过去参观侯爵宅邸的时候，年轻的水原就对茶室风格的朴素建筑沉醉不已，回首往事，感慨万千。现在住在旁边的旧宫邸，回想伊贺侯爵的过去和自己的生涯，更加思绪万千。

置身于原子弹和氢弹破坏之下，建筑家也自有一番命运。

"舍此家，弃彼家。"这句佛语，最近常在水原脑海里徘徊。

父女二人出了椿屋，信步走过街道，坐上了去元箱根的观光巴士。

越过十国山口，巴士往箱根山口开去，芦之湖出现在眼前。双子山，驹之岳，神山上还残留着白雪。

从元箱根的街道往箱根神社走去，沿路都是杉树林。

"这附近的梅花开了吧？"

水原问山上旅馆的掌柜。

"还没开。这里的温度比热海低了十度呢。"掌柜回答。

山上的旅馆，是藤岛财阀本家的别墅。别墅入口有侍从休息室，还有车库、游艇的停放处。

但是，他们被带往的房间却非常简陋。

"还真是山中小屋啊。不会是职员宿舍吧？"水原说着，缩进被炉里。

这间房子只有纸门，没有玻璃门，也没有外廊。入口和房间只是以崭新的杉木门隔开。以前应该是纸拉门吧。

为了喝茶，两人去了大客厅，那是一栋崭新的建筑。问了女佣才知道，这里原是一栋西式小楼，去年三月烧毁了。水原恍然大悟。

藤岛家人的梦痕都已经付之一炬。

两人去参观有几万坪[1]大的庭院。

走过杜鹃花田，看到一间茶室。茶室前又是一片宽阔的杜鹃

1　1坪约合3.3057平方米。

花田。

穿过杉树林,来到一片高出平地的草坪前。伞一样撑开的杉树下设有长凳,竖着一块写有"一棵杉"的牌子。

带路的掌柜指着湖岸的方向说:"那是四棵杉,草地是羽毛球场。"

"啊!姐姐?"

麻子低低叫出声,又马上噤声,手抬到胸前,差点捂住嘴。

"别叫她,也别看。"

父亲低声说,声音也在颤抖。

四棵杉树并立,下面的长凳上,百子紧紧抱着少年的肩膀,深情偎倚,凝望着远方的湖水。

接下来掌柜带他们参观了偏房和田园房,但二人明显心不在焉。

田园房旁边竖的牌子上写着"六百年前的飞弹高山房屋",英语却是"七百年"。

"对外国人虚报了一百年呢。"

水原故作轻松地笑了。

"据说,藤岛先生会在这间田园房里招待客人吃真正的乡间菜。"掌柜说。

田园房保持着原来的模样,据说马厩的木板都是粘着马粪运过来的。

但屋顶已经大半破败，从屋顶的破洞中就能看见神山上的白雪。水原感到一阵寒气袭来。麻子也脸色发青。

那天晚上两人都寡言少语。

父亲猜想，百子肯定是避开汤河原和热海，跳过箱根的温泉场，选择了冬季来客稀少的深山旅馆。

她和麻子不是一母所生，并不相像，所以旅馆也没有发现她们是姐妹。

昨天父亲说要去热海，结果竟然来了元箱根的深山里，百子也是万万没有想到。

百子从身后抱住少年，对方却没有回过来抱她。

"你怎么哭了？"少年无精打采地问。

百子懒懒地回答："我没有哭。"

"眼泪都掉到我脖子上了。"

"是吗？因为你太可爱了。"

少年蠕动着，想要翻身。

"不要，别动……"

百子在他耳边低语，看着牡丹色的窗帘。

入口处的账房左右两边，父亲他们的房间和自己的房间遥遥相望。这间房原本是日式房间，却照着西洋风布置，还放上了床。

焰之色

一

水原二人在房间里等着吃早饭,远处传来摩托艇的声音。

麻子不由看向父亲的脸。

"那应该也是去领配给的吧。"父亲说。

昨天傍晚,两人看见了领配给归来的小艇。

暮色将近,纸门上映出外面摇曳的火焰。麻子打开纸门一看,原来是旅馆的庭院看守在烧枯草地。恍惚的火圈不断蔓延开来。

芦之湖静悄悄的。对岸的天际线清晰地残留在暮色中,但山顶已经整个隐身于暮色之中,不见一丝晚霞。

这边水岸的树丛间,有小艇在晃动。

"哎呀,这么冷,还有人乘艇啊!"

麻子说。看守也望向湖面。

"领配给的人回来了。"

"要乘小艇去领配给吗?"

"走陆路太重了。那好像是山里的老板娘。"

水岸的树丛笼罩在暮色之中，穿行于其间的小艇上，有一个穿着朴素的女人在掌舵。

"开小艇去领配给、买东西——真想过这样的生活。"

不安驱使麻子说出了这样的话。

"外面冷，把门关上。"父亲说。

纸门下方，火焰的影子还在晃动。

今天早上，麻子仍然忐忑不安，听到摩托艇的声音，心更静不下来。

"还是去领配给的吧？昨天那艘艇是手动的，今天的是摩托艇。"

麻子对父亲的解释并不满足，偷偷从纸门的门缝向外望去。她一只眼睛贴住门缝，确认姐姐不在庭院里，才打开了纸门。

摩托艇往湖尻驶去。原本应该是去看富士山倒影的，但阴云遮蔽，不见富士山踪影。

昨天的小艇沿河岸穿行于树丛之间。今天的摩托艇犹如掠过岸边树丛的梢头，向湖心驶去。

"是姐姐，肯定是姐姐。果然如我所料，刚才就有预感。"

麻子抓紧纸门。

"她和那人在一起，爸爸。天气这么冷，一大早就去湖上，姐姐疯了。"

摩托艇不大，但湖上波平如镜，远远在湖面上划出一条线。

百子和少年在船尾相依偎。

对岸的山上，细细的雪线不时闪现。

"爸爸……"

麻子回过头。

父亲避开女儿求助的目光。

"关上门。"

"是。"

但麻子仍然一动不动，目送着摩托艇离开。

"麻子，我说关上门。"

"是。"

女儿神情恍惚地回到火盆边。

"怎么办，爸爸？"

父亲沉默不语。

"就这么不管姐姐，可以吗？——还能听见摩托艇的声音。我心跳得厉害。昨晚，我也没睡好觉。"

"是啊。但是，就算在这里抓住百子……"

"是吗？那么，爸爸准备在哪里把姐姐抓回来？"

"百子啊，我怕是抓不住了。昨天，不，前天，我说要给麻子造房子，麻子说也要给姐姐造一栋，对吧？"

"嗯。京都还有个妹妹。两栋还是三栋,当时我问过。"

"那个嘛……"

父亲含糊其词。

"就算给百子造房子,在我看来,百子也不会久住。"

"为什么?爸爸遗言一样的家里,姐姐住不下,只有麻子能住下?您为什么会这样想?"

"我也答不上来,也许是因为麻子的妈妈和我结婚了吧。"

"啊?"麻子摇摇头,"真讨厌,这种话……麻子不想听。爸爸真偏心。"

"是啊,确实如此。"

父亲点了点头,自言自语般,但清楚地说道:

"我谈过两次恋爱,结过一次婚。前一次恋爱的孩子我接手了,后一次恋爱的孩子没有接手。这些事麻子已经知道了,不用我说了吧。"

麻子被他的气势压住,一时语塞。

"为什么后面的孩子没有接手?是因为麻子的妈妈吗?"

"不是。我之所以接手前面的孩子,是因为那孩子的妈妈没了——自杀了。"

父亲诅咒般地说出了这句话。

女儿睡眠不足的双眼皮上,清晰的曲线也蒙上了一层阴影。

"爸爸让三个女人生了三个女儿，但真正的孩子，只有麻子一个？"

"这，怎么说呢？……麻子这么说，爸爸很感谢……"

"真是可怜的爸爸。"

"但是，不管是一起生活还是分开，不管是抛弃还是送给别人，自己的孩子永远都是自己的孩子。一生出来，血肉之缘就切不断了。"

"就像俗话说的，不管怎么亲，继母就是继母吗？麻子觉得，妈妈也真可怜。"

"是啊，父母并不一定都心疼孩子。无条件地可怜别人，也许正说明那人自己是个可怜人。这都是爸爸的错。"

"是啊，是这样的。不过，人的命运是一笔糊涂账。"

"你是说，姐姐乘的那艘摩托艇也是命运之船？再怎么做也于事无补？"

"我没这么说。不过，跟那种毛头小子在一起，百子是认真的吗？"

"麻子不知道。"

"我想她就是肆意挥霍时间吧。百子跟她母亲一样，总是肆意挥霍人生。她充满热情，总是容易沉迷其中，对现在这个小伙子也只是一时兴起吧。"

"就算是一时兴起，姐姐好像也认真了。不过，姐姐现在有两个男朋友。爸爸……她今天带来的，是叫竹宫的男孩。她同时和两个人交往，麻子真的不懂姐姐。"

这话很难说出口，麻子为此感到羞耻，于是耸了耸肩。

父亲也有点吃惊，说："看来不是真心的啊。如果不找到百子心里真正的伤口，她永远都不会停止玩火。麻子有什么线索吗？"

"姐姐心里的伤口？……不是自己的亲生母亲，有些事说不出口吧？"

"还是百子太好胜？"

父亲岔开话头。

"这种危险的游戏，就像把刀咬得咯吱咯吱作响，一定是因为有伤口在作痛。也许是慢性自杀？我怀疑。"

"自杀？姐姐她……"

麻子被这个词吓到了，打了个冷战，竖起耳朵听外面的动静。

"听不到摩托艇的声音了。爸爸，姐姐不会是去湖上自杀吧？不是准备殉情吧？"

麻子踉跄爬起来，打开纸门。

"是这样吗？爸爸。看不见摩托艇了。"

父亲也打了个冷战，说："不会的。只是走远了。"

"走远了，去哪里？"

麻子望向湖尻的方向。

"什么都看不见,一艘船都没有。我去湖边找找。"

她套上庭院木屐跑出去。

昨天烧枯草地的灰烬,在麻子身后低低飞扬了起来。

二

只听见雪窸窸窣窣飘落的声音,仿佛有什么东西轻轻碰触着拉门上的纸。

拉门是纸糊的,没装玻璃,雪的气息更是悄悄通入室内,室温悄悄地冷了下来。

午饭前,听到外面窸窸窣窣的声音,打开纸门看时,雪已经下大了。

对岸的山已经看不见了,湖面也越来越小,岸边的树丛都披上了雪,草地上已经有了积雪。

水原想,今天要回去了。

"等姐姐他们回来了,我们再出去吧。爸爸也不想再碰到他们了吧。姐姐也会被吓到的。"

听麻子这么说,父亲苦笑了一下。

"简直像我们做了什么坏事要躲起来一样。"

"是啊。爸爸只带麻子出来,就是对不起姐姐啊。"

等待着百子回来的时候，水原偎在被炉中，脊背上的冷气让他打了个冷战。三个女儿三个模样，各自继承了自己母亲的面容和性格，仿佛重复着各自母亲的人生，令他思绪万千。

三个女儿的脸型都酷似自己的母亲，又都在某一处遗传了水原。耳朵的线条、腰部的曲线、脚趾的形状，三个女儿都有与父亲相像的地方。三个母亲的脸型上，分别嵌入了父亲的眼睛鼻子，更显得微妙。

一母所生的孩子，跟父母相似，又各有不同，已经足够神奇了。水原三个女儿的长相很不同，像各自的母亲，又像同一个父亲，要说不可思议毫不夸张。

水原让三个女人生了自己的孩子。或者应该说，三个女人都为他生了孩子。到了已经生不出孩子的年纪，再回顾那段过去，并不光是苦涩的悔恨。

他时不时地感受到女人的生命力和上天的恩宠。三个女儿十分美丽的生命力，就是不容否认的证明。她们不是带着罪恶生下来的孩子。

大女儿百子和二女儿麻子，两人的母亲都过世了。

这两个女人，在这个世上，除了一个女儿和水原爱的记忆，什么也没有留下吧？

两个女人和水原都为爱吃过苦、受过伤。但是，这些都已经离水原远去，对死去的女人来说，也已经如露水般消逝了。

三个女儿因为她们的出生和父亲的过去，都生活在苦恼之中。但是，水原相信女儿们对父亲的爱。

人所感受到的喜怒哀乐，在多大程度上是真实的，经历了岁月流转的水原，对此深感怀疑。也许，这些只不过是生之河流中漂浮的泡沫或是泛起的微波罢了。

京都女儿的母亲，跟水原和其他女人的关系正好相反。

京都的女人在生水原的孩子之前，给其他男人生过一个孩子。以后也说不定会生其他男人的孩子——那个女人还活着。

而百子的母亲和麻子的母亲，都只有过水原这一个男人，就去世了。

不过，京都那个女人和女儿以及水原，三人并没有互相憎恨，反而将依恋之情深藏心底。

水原得知麻子去京都找妹妹，想跟她谈谈那个女孩的事才带她出来的。在热海，麻子走得太快，他没来得及说出口；在箱根，因为百子，他也说不出口。

不过，麻子已经察觉到，父亲想跟她谈谈京都那孩子，作为父亲，这样已经足够了。

在三个女儿的母亲中间，水原和麻子的母亲结为夫妻。妻子隅子去世后，只有京都的女人还活着。

不知道麻子对这件事会怎么想，水原有些犯怵，更不好提起京都的女儿。

麻子去京都寻找妹妹，有没有想过去见妹妹的母亲呢？

听着雪落的簌窣声，想到京都的女人还活着，水原忽然怀念起她来。

"麻子，在这里打瞌睡可是会着凉的。"

水原摇了摇麻子的肩头。

麻子抬起泛红的眼睛。刚才她把胳膊放在被炉桌上，脸伏在胳膊上睡着了。

"姐姐还没回来？……姐姐是眼不见为净，真沉得住气。爸爸也真是，遇到了这种事。"

"雪下得这么大，可能回不去了。"

"姐姐在自己房间呢。下着雪，应该不会去寻死吧……"

"又来了……"

"刚才我真的以为是殉情，都怪爸爸说了'自杀'这个词。"

水原想起了百子年轻的母亲自杀的事，轻轻地摇了摇头。

三

竹宫少年一手抓一根劈柴，加到暖炉的火里，他背对百子站着。

"想起了轻井泽的白桦柴啊。"他像是在念一句台词。

百子看着外面的雪。

"你家在轻井泽有房子吗?"

"有啊。"

"想起来伤心吗?"

"不伤心,没什么好伤心的。"

"是吗?"

少年蹲下来,拨弄着柴火。

"白桦可不是好劈柴。"百子说。

"很美。能烧起来不就行了。"

"话是这么说,但既不能煮东西又不能烧热水……"

"一个白俄女孩儿吻了我。"

"啊?有人在我前头吻了小宫?"

百子对着少年的后背说。

"这可是大事,不能原谅。她吻了小宫哪里?"

少年沉默着。

"那么,小宫和那女孩是在哪里接吻的?白桦木在暖炉里燃烧,在山里的家里?……是个什么样的女孩?面包房的女孩?还是呢绒店的女孩?几岁?喂,告诉我!不说可不行!"

"今天晚上讲给你听。"

"今晚？小宫准备今晚也住在这里吗？"

"这里满是积雪，真想去热海。"

少年忽然回过头。百子目光投向窗外。少年也看见白雪飘落到了湖水之中。

"雪好大。巴士走山路很危险。掉进山谷里死掉倒无所谓，但姐姐肯定会得救，只有我死掉，我可不要。"

"为什么只有你死掉？"

"因为姐姐不爱我。"

"啊？"

百子看着少年。

"过来我身边。"

"嗯。"

少年靠在她身边，坐在长椅子上。百子环抱住少年的肩膀，像是要让他上身横躺在自己膝上一样。

"那个白俄姑娘亲小宫时，小宫可爱的小嘴是什么味道？"

"啊？"

少年觉得有些晃眼似的揉了揉眼睛。

"女孩子谈恋爱的时候，据说呼吸都会变得芬芳。"

百子温柔地笑着。

"不过，那时候，小宫还小，白俄女孩是不经意吻你的吧。"

她的脸贴过来。

"鼻头，凉凉的。"少年窃窃私语。

"因为小宫离火太远了。"

少年两只手掌捧住百子的脖子，闭上眼睛。

"小宫身上都是烟臭味，麻烦戒烟哦。"

"嗯。"

"这样，姐姐就能闻到初恋的气息了……"

百子拉近了放在少年脖颈上的手。短发发尖扎得手生疼，却生涩得令人愉快。

眉毛和睫毛都湿漉漉的，仿佛散发着少年独特的清新味道。

百子用另一只手梳理着少年长长的刘海，过了一会儿说道："小宫很会说谎，真可爱。"

"我可没说谎。"

"是吗？白俄姑娘的事，是真的吗？因为是假的，才可爱。"

"说到说谎，我可比不过姐姐。"

"是吗？"

百子的手臂环绕住少年的背，一边侧着把他抱起来，一边说："个子长高了啊。长得太高就讨厌了。"

"别说这种任性的话。"少年低声说。他捧住百子脖子的手上，大拇指忽然用上了力。

"小宫，知道怎么掐脖子吗？"

"知道。"

"没关系，就算你掐我……"

百子闭上眼睛，扭过头去。

"姐姐，你准备甩掉我？"

"没有啊，不会扔下你。"

"别扔下我。"

"被甩掉这种没骨气的话，可不是男人说的。"

"那么，你是在玩弄我吗？"

"怎么会？！"

百子拉住少年的手离开自己的脖子。

"玩弄男人的女人，这世上根本不存在。我很清楚，非常清楚。"

百子呼吸急促，眼泪渗出来，脖子上已经印上了红红的拇指印子。

少年把脸埋在自己留下的手指印上。

"可是，你玩弄了小西，又把他甩了。"

"小西是这么说的吗？"

"他是这么说的。小西说姐姐是恶魔，说你是妖妇……"

"小西也说这种没骨气的话啊。不是我甩了他，应该说，他是从我这里路过吧？"

"你也要让我路过吗?"

"走过去的是小宫自己啊。小西自己也和同级的女孩私奔过,对吧?"

"因为姐姐甩了他,所以他去了和姐姐去过的伊香保的旅馆,然后被抓住了。"

"跟别的女孩子去跟我去过的地方,真讨厌!"

"因为他并不知道其他的地方。"

"是啊。好了,不说小西了。"

百子以唇贴住少年的头。

"头发的味道真好闻,比嘴巴的味道还好闻。真怀念。"

"怀念什么?"

"少女时代……"

"姐姐……"

少年缩起脖子。

"姐姐谁都不爱吧?"

百子忽然仰起脸,又把半边脸颊靠在少年头上。

"爱啊。"

"爱谁呢?真是的……"

百子定定地望着窗外的雪。

"那个人不存在吧?"

"有啊。我爱父亲。"

"父亲？哪个父亲？"

少年忽然站起身来。

"父亲就是父亲，百子的爸爸。"

"真是无聊的回答。真会撒谎。"

"不是撒谎，我真的很爱我父亲。"

百子站起身来，向着雪的方向，走过客厅。

"不过，就像这雪一样。"

客厅南面面朝着湖面，从头到脚都是玻璃。

靠在玻璃上往外看，天空的灰色深处，大片大片的雪花掉落得越来越多，扑进百子的眼帘。

百子二人乘坐下午四点半的巴士回去了。

水原和麻子最终决定坐晚上六点的末班车回去。旅馆的两个小厮帮他们提着行李，撑着伞送他们。穿着高高木屐的小厮在雪地里滑了一跤，木屐的带子也断了。水原便让那孩子回去了。另一个小厮一开始就光着脚走路。

下雪天黑得早，元箱根和箱根町的灯火已经在湖岸沉淀了下来。

在元箱根等到七点，末班的巴士还没有发车。从小田原来的巴士迟迟不见到站。

"之前四点半的车也因为事故还在山上。已经过了两个半小时了，还下着这么大的雪……"巴士公司的检票员说。

"姐姐坐的就是四点半的巴士。"

麻子看看父亲的脸，走到售票员身边问："是什么事故呢？"

"说起来，就是小田原爬坡上来的卡车在雪里打滑，翻车了。"

"巴士和卡车撞车了吗？"

"那就不知道了。我们已经派出小工去打听消息了，那山上可是连电话都没有。"

过了二十分钟左右，听说四点半的巴士开动了。水原和麻子都松了一口气。

候车处除了他们两个空无一人。

下雪的夜路已经无法回到山里的旅馆，两个人便住进了候车处旁边的旅馆。

听来铺被褥的女佣说，旅馆庭院里，雪已经积起了一尺到一尺五寸厚。

"有个词叫'雪枕'，这就是雪枕啊。真是一番奇遇啊！"

水原苦笑了下。

"窗外就是湖。这旅馆就在湖岸边上呢。"

"好像是。"

湖面上起风了，套窗和玻璃门都在嘎吱作响。破旧的六张榻榻米房间里，只有硬硬的被褥。

外廊吹进了雪。

"爸爸,太冷了,睡不着吧?麻子去那边吧。"

"好。"

"今晚又睡不着了。不过,姐姐应该平安无事地回去了吧?真担心啊!在下雪的山上坐三个小时车……"

麻子从枕上看着父亲。

京之春

一

　　水原带着两个女儿,在樱花盛开的时节去了京都。

　　有人东京的家在战争中烧毁,便移居到京都,索性在京都买了房子,准备长期定居,就拜托水原来重新装修住所,设计茶室。

　　"时隔七年了,今年京都舞大会[1]也会重新上演。那人说,让我一定带上女儿们来赏花,顺便来看看他的房子。"

　　水原是这么劝说女儿们的。

　　不过,百子和麻子迅速对望了一眼。

　　"爸爸是想顺便把另一件事也办了吧?"

　　过后,百子说。

　　麻子也点点头。

　　"是不是想让京都的妹妹和我们见面呢?"

　　"可能吧。不过,我可没什么好期待的,我讨厌这件事。"

---

[1] 京都艺伎舞蹈大会,每年四月召开,创始于明治五年(1872)。

"不过,姐姐也会去的吧?"

"我啊,我不想去。"

麻子带着忧伤的表情看着百子。

"爸爸之前带我一个人去热海,这次又要带我一个人去京都吗?姐姐简直就像是继女,被人这么想的话,爸爸真可怜。"

"但是,麻子你想去见京都的那个什么妹妹就去吧,我又不想见,不去也可以。"

"只有姐姐一个人留下的话,麻子就不去了。"

"哎呀,那样爸爸才可怜呢。"

"麻子不去的话,爸爸就不会让京都的妹妹和姐姐你见面了。"

"说什么呢。爸爸想让京都那孩子见的其实是我啊。麻子已经认了那孩子是妹妹,都一个人找去京都了,这样爸爸也就满意了。但是,我不想认这个妹妹,爸爸才更想让我见她吧。"

"啊,真是麻烦。"

麻子摇摇头。

"姐姐想得可真多!"

"是啊,真麻烦。"

百子也笑了。

"姐姐心思这么多,难道是因为妈妈?因为她是继母吗?"

麻子故作轻松地说,百子的笑容消失了。

但是，麻子以同样轻松的口吻继续说："麻子觉得，麻子的妈妈去世后，爸爸和姐姐反而更像是继父继女的关系了。说不清为什么，总觉得很难受。"

"是麻子想得太多了吧？"

接着，百子口气一变。

"麻子，你相信自己的妈妈，相信麻子的妈妈对我真的很好，所以才会说出刚才的话。我也不在意。麻子很信任自己的妈妈，对吧？"

"嗯。"

"那我也去京都吧。"

"嗯，太好了。"

"爸爸失去了贤惠的妻子正感到孤单，我要是还不知体谅地让他更寂寞，就太不应该了……"

"麻子也很寂寞啊。"

"我也一样——很寂寞。"

麻子点了点头。

隆冬的芦之湖上，姐姐和竹宫少年一起驾驶摩托艇的身影浮现在麻子脑海里。

"说不定爸爸根本没有打算让我们和京都的妹妹见面，也许只是带我们去赏花。一个人去的话，怎么都觉得孤单……"麻子说。

"是啊。"百子回答道。

水原父女三人乘晚上八点半的银河号列车从东京出发。

二等车比较空,他们三人占了四个人的座位。也就是说,三人中只有一个人可以横躺下来。

一开始是水原躺着,但怎么也睡不着,到了沼津附近换成了百子。

百子也说睡不着,过了静冈又换成了麻子。

"爸爸要不要去换个卧铺?应该会有一个空的,问问列车员吧。"百子劝道。

但是,水原觉得,像这样和百子相对十个小时的机会很难得,不想一个人离开。

麻子已经完全睡着了。

"看来麻子是最无忧无虑的,所以睡得着。"百子说。

"嗯。不过,带她去热海的时候,她没睡着。"父亲说。

百子沉默片刻,往网架上看。

"看来大家都习惯旅行了,行李很少啊。"

"是啊。这个世界又恢复正常了,可以轻轻松松地出来旅行了。"

"爸爸也经常旅行,怎么在夜车上还睡不着?"

"也不是睡不着。"

"那就休息吧。"

"百子也睡吧。"

"嗯，百子要是一个人醒着，又要被麻子说，像是继女了。"

"麻子说了这样的话？"

"所以我告诉她，只要麻子相信妈妈没有把百子当成继女就行了。"

父亲闭着眼睛不说话。

"麻子因为这件事，也很操心。还有爸爸和我……"

百子也闭上了眼睛。

"自从妈妈去世，麻子总把照顾这个家当成自己的责任。爸爸，还有我，麻子总想靠自己一个人让所有人都开心……"

"是啊。"

"为了麻子，我还是离开家里比较好吧。"百子说着，接着又自言自语补充道，"对吧？我心里很清楚。"

父亲睁开眼睛。

"麻子睡得真香啊。"

百子闭着眼睛继续说："麻子早点结婚也好……变成第二个我就不好了。"

百子闭上的眼睛感到一阵温热的疼痛。

"不过，爸爸无论如何都不会把麻子早点送出去，那样就太寂寞了啊……"

"也不能这么说。"

"是的，我明白得很。"

说着，百子的肩膀颤抖起来，觉得很可怕。

麻子和自己这对姐妹，在争夺父亲的爱。

就像曾经麻子的母亲和自己的母亲争夺父亲的爱一样……

不是这样的。百子打消了这个念头。因为两人的母亲并没有争夺父亲的爱。自己的母亲和父亲的爱破灭以后，麻子的母亲和父亲的爱才开始。两个女人不是同时爱着一个男人的，中间有时间差。

但是，就算百子打消了那个念头，胸中的无名之火仍然不肯熄灭。

百子似乎能看到自己眼睛深处的那团火焰。她很害怕。

自杀的母亲的爱，转移到了自己身上，这是自己的命运吧。

父亲和继母之间的爱、父亲和异母妹妹之间的爱，自己继承了母亲那一份，带着两人份的嫉妒一直在煎熬着。

百子稍稍远离父亲，靠向火车窗边。

父亲好像睁开了眼，正一动不动地打量着自己，百子不由得这么想。

但是，父亲不久就昏昏欲睡了。

麻子在米原醒了。

麻子睡醒后心情很好，一下子就睁开眼睛，微笑着说："真讨厌，大家都醒了啊。本来都睡着了，却看起来都像根本没睡过觉一样，盯着我看。"

她揉着眼睛。

"年轻姑娘爱睡懒觉啊。"

百子笑着，看了看四周。

男乘客大多都一大早就衣冠整洁。百子也化好了妆。

洗手间没有水，麻子就只用面霜擦了脸。

为了涂到脖子根，麻子解开了上衣的一颗扣子。百子怕旁边的人偷看妹妹，警惕地看着四周。

"往后面转过去。"她帮妹妹整理了头发。

"这里是琵琶湖。一大早就是阴天。"

麻子看着湖面。

"早上有云，天气反而会转晴。"百子说。

但是，麻子说："这么阴，彩虹不会出来了。"

"彩虹？……啊，去年年底，麻子从京都回来，看到了琵琶湖的彩虹那件事？"

"嗯，当时那个人说，不管再往返东海道多少次，琵琶湖上出现彩虹，不知道还能不能见到第二次。"

"一个男人，一个人带着婴儿，还照顾得很周到，麻子很佩服吧？"

"是啊，他还说，琵琶湖岸边有很多油菜花和紫云英，春天开花的时候出现彩虹，会让人感到很幸福。"

父亲也看着窗外。

彦根城出现在眼前。城下开着一大簇樱花。

火车进入山科,樱花更多了,仿佛来到了花的京都。

京都的街道上连绵挂着宣传京都舞的红灯笼,市内来往电车的车身上写着"知事选举"几个大字。

水原他们到达三条附近的旅馆,吃了早饭后让人拿来了被褥。

麻子睁开眼的时候,父亲已经不在了。

枕边有父亲留下的便条:

"看你们睡得正熟,就没有叫醒你们。我去大德寺了,傍晚回来。你们去看京都舞吧。"

麻子吃了一惊。

有两张京都舞的入场券,放在父亲留下的便条上。

二

水原站在大德寺的塔头[1],聚光院的玄关处没有人出来,两只黑狗先从里面出来了。

这两只大型犬体格太大,不适合养在室内。它们长相酷似,一副警戒的姿势并排立着,从上方监视着水原,但两只狗都没有叫。

---

[1] 总寺院境内的小寺。

水原不由得露出了微笑。

"哎呀，水原先生，好久不见……"夫人说，"真是没想到啊，意外光临。"

"久未问候了。"水原说，"真是好狗啊。礼节周到，排队出迎，有点像行脚僧呢。是什么品种？"

"哎呀，是什么呢？"

夫人的回答漫不经心。

"就是普通的狗啊。"

一点都没变啊，水原想。

夫人领水原进房间，两人再次寒暄，接着她站起身来："都没准备什么好吃的，只有花……"

夫人说着走回来。

青竹花瓶里插着三枝大朵白山茶花。

水原感觉到了那清洁的纯白。

"是单瓣山茶花。不，有一朵是重瓣。"

夫人把白山茶花放在了角落里的小桌子上。

"方丈院子里的大山茶花也开得正盛吧？有些已经过了花期了吧？"

水原说着，脑中浮现出借睿山为背景，大山茶花盛开的庭院。

"还有好多开着呢。山茶花的花期长。"夫人说。

水原刚才就盯着一朵单插的花看。

"那是什么花？"

"哎呀，什么花呢？是倍芋[1]吧。"

"倍芋？两个字怎么写？"

"哎呀。就是'倍'和'芋'，'成倍的芋头'的意思吧。"夫人一派天真地解决了这个问题。

水原摸不着头脑，还是笑出了声。

"倍芋啊。"

那花的外形介于铃兰和桔梗之间，花朵是绿色的，开在酷似薯类的细蔓上。

"这次水原先生是自己一个人来的吗？"夫人问。

水原这才意识到，妻子去世的事，夫人还不知道。

"其实……"水原觉得有点说不出口，"我来京都……是想见菊枝。"

"啊？"

"过去，我和她一起来拜访过您。"

"哦，哦。"夫人点点头。

"还抱着孩子来过。"

---

[1] 即浙贝母。

"嗯。"

"其实我们早就分手了。如果能在寺里相见,那是最好不过了。不过,可能会玷污这清净之地……"

"她要来这里?"

"应该会来吧。"

"是嘛。"

夫人似乎完全不把这回事放在心上。

"那就等她来了再上茶吧。对了对了,要把和尚叫过来,他还不知道谁来了呢。要是知道水原先生来了,肯定会很高兴的。"

夫人站起身来。

老僧好像是轻度中风病后初愈,拖着一只腿进来了。

水原没想到,老僧已是满头白发。

脸颊和下巴上的胡须都自由生长,圆脸上气色很好,是老人那种健康的血色。白眉修长,比起僧人来,更像一个仙人。

下巴上长长的胡须,像少女的垂发,编成麻花辫垂下来,长长的,经过胸部一直垂到肚脐眼附近。编成麻花辫的白须,仿佛金光闪闪。

水原看呆了,不由赞叹道:"好!"

做出捋长胡子的手势。

"这是从阿伊努人那里学来的。"老僧说,"我前年去北海道,阿伊努人说,这么弄就不碍事了。还真管用。"

他满头白发在头后面编起来，这么说来，确实很像阿伊努老人。

"真的变成阿伊努人了——京都街上的阿伊努人。"

老僧笑了。

"当和尚当烦了，你看我的头……"

"这样就好。"水原说。

"和尚头要自己剃得光溜溜的，麻烦得很。我的手已经不灵活了，也剃不好。去理发店剃个和尚头也要五十日元吧。现在寺里缺钱，那不是傻嘛。"

说着，老僧又笑了。

在修长的白眉下，老僧的眼睛闪着年轻的光，眼珠乌亮，那眼睛看起来也酷似阿伊努人，水原不由得感觉心沉静了下来。

"师父多大年纪了？"

"哎呀，已经七十了。"夫人回答说。

水原说起京都的朋友，老僧不时现出迷糊的神情。

"师父是不是有些耳背了？"

听他这么说，老僧说："忘记是什么时候了，我在那边的踏板上踩了个空，跌倒在庭院里。自那以后，耳朵就不好使了。听人说有黄莺在叫，我却听不到。不过，有一天早上，洗脸的时候一擤鼻子，原来黄莺的声音已经灌进耳朵里了。"

水原忽然竖起耳朵。

"现在也有黄莺叫。"

真的能听到黄莺的声音。

一片静寂之中,似乎菊枝的脚步声越来越近了。水原竖起耳朵细听了一会儿,然后说:"到了京都,目之所及都是樱花。只有大德寺没有樱花,真好。是没有吧?"

"樱花会弄乱庭院。"老僧说。

"花瓣会飘落,落叶也会弄脏庭院。"夫人补了一句。

老僧接着说:"对于寺院来说,樱花太热闹了。大德寺的和尚要是沉迷于樱花,可就麻烦了。"

大师说这里只有一棵近卫樱,是过去近卫公[1]种下的。

水原一边听着,一边在脑海里描画松荫下踩着踏脚石走过来的菊枝。

不过,这个女人,已经好几年不见了,现在不知变成什么样了。

---

[1] 日本贵族,为"五摄家"之一,近卫家至明治维新前代代任摄政、关白或太政大臣。

黑山茶

一

京都的女人脚踝白净，嘴唇柔软。也就是说，京都的女人皮肤好。水原这么想，是因为菊枝就是这样。

水原在老僧面前，也不由得想起菊枝柔软的双唇。

那双嘴唇就像会直接吸附住男人的嘴唇一样，滑嫩又有弹性。水原一接触到那双唇，就仿佛感觉到了菊枝全身的肌肤。

但是，水原品尝过的菊枝的嘴唇，里面的牙齿早已经脱落，现在门牙已经换成了假牙。

菊枝的嘴唇，也应该变得僵硬了吧。

"师父，你的牙齿呢？"水原不由问道。

"牙齿？牙齿还很结实。"老僧于蓬蓬长须中，露出一口整齐的牙齿，"如你所见，大德寺的建筑经历了战争，也如同老人的牙齿一样，大半都咯吱咯吱地摇摇欲坠了，再过十年，应该连影子都没有了吧。"

夫人也生气地诉苦，说现在的孩子是怎么糟蹋寺庙的，还说羽毛球闯祸最多。

"大门上的国宝桃山鸟被一个接一个的球砸中,羽毛啊什么的都掉了,都没了。鸟头也不知道掉到哪里去了。"

"那可太糟糕了。"水原说。

"'战后'的孩子都是怒蛙产的仔——任性妄为、粗野得很,不管谁说什么都不听。真是没搞懂什么是自由啊。"

夫人像大原女[1]那样系着藏青底点缀白色碎花的宽围裙,居然嘴里也出现了"战后"这个词。

据夫人说,羽毛球经常飞进庭院里,孩子们每次跳过围墙,都会把瓦弄掉。

为了不让孩子们在寺院境内四处玩耍,就在南边修了一个运动场,但旁边塔头的围墙被糟蹋得不像样,一大笔修理费都付不起了。

"以前大门前的街上,住的都是在大德寺帮佣的人,现在从外地来的陌生人也都住进来了,孩子们连大德寺的来历都不知道。"老僧说,"小轿车也嘀嘀地开进来。和尚也图方便,直接坐车进寺里。总门下本来有根横木,拦住车不让进来,现在那横木也已经被搬走了。"

老僧感叹着寺院的荒芜,但他的身影却如同春日的山影一样。

---

1 山城大原的女子常头顶着劈柴、农作物来京都卖,是女商贩的代表。

师父，分手的女人嘴唇真软啊，光是说说，就觉得怜爱无限呢。

他感到一种诱惑，想跟师父倾诉一番。

菊枝的头发不是偏棕红色的，眉毛的颜色看上去更浅。她的眉毛看上去色素不足。也正因如此，才显得皮肤更洁白。

淡淡的眉、纤巧的足、柔软的唇，反而让水原轻易离开了菊枝。

菊枝容易被人视为轻浮、水性杨花的女人。

后来，在京都，水原也时常看见嘴形酷似菊枝的人。菊枝的唇齿和嘴形很有特色。牙齿不大也不算突出，但说话的时候，隐约露出牙龈，让人联想到嘴唇之柔滑。

唇色不深，柔和明亮。水原猜想，应该是用了跟东京女人不一样颜色的口红，但其实是嘴唇的颜色本来就不一样。牙龈和舌头，都是纯净的桃红色。

每次遇见这种嘴形的女人，水原都会想起菊枝，重新尝到悔恨的滋味，甚至想跟对方搭讪。

水原想跟老僧聊聊菊枝，但又说不出口，目光投向庭院里青苔上的树影。

"来了。"夫人说着，站起身来。

水原的胸口一紧。但意外的是，这并不是对菊枝的愧疚，而是对死去的妻子的愧疚。就像是背着还在世的妻子和菊枝偷偷相会。这种感觉真是出乎意料，水原也暗暗感到吃惊。

菊枝先问候老僧。

"久等了，老远过来。"

她对水原只说了这么一句，就垂下目光。

"有狗出迎，没被吓到吧？"水原说。

"这次是猫。"

夫人在旁边若无其事地说。

"真是的，那只猫真不识趣，从地板上慢悠悠地走过去。"

菊枝微笑着说："狗也从门里往外看呢！"

"是嘛。"

"都变成猫窝狗窝了……"老僧开玩笑地说，"不过，比起狐狸窝，烟火气还重着呢。"

老僧有点迷糊地看着菊枝，似乎想不起她是谁。

见菊枝有些发窘，夫人说："稍等一下，茶还没端上来呢。"

她对菊枝说着，又看看水原，说："怎么样？换个地方吧。"

"是。"水原站起身来。

夫人说要去利休[1]切腹的房间，于是他们进了这间有三个铺席的茶室。

"你要点茶吗？"夫人对菊枝说。

---

1 日本茶道大师千利休（1522—1591），确立了"和、敬、清、寂"的日本茶道思想。

"太麻烦了，还是随便点吧。"

"师父呢？"水原问。

"他乐得不动，就让他待在那儿吧。"

说完，夫人也消失了踪影。

微暗之中只听到菊枝转动茶刷的声音。

"我很想你。"她压低声音说，"那封叫我来聚光院的电报，真是莫名其妙啊。要是告诉我火车到达的时间，我就能去接你了。不过就是怕有人跟你在一起……"

"是啊。我带了两个女儿过来。"

"啊？"

菊枝仰起脸。

"是跟小姐一起来赏花吗？"

"今早刚到。女儿们还在睡觉，我偷偷过来了。"

"哎呀呀。这种话，我可担当不起啊。"

菊枝将掌上的茶杯稍稍转动，手也轻轻颤动。

水原夹起大德寺的纳豆尝了尝。

菊枝跪坐着靠过来。

"要不是利休大师的茶室，我就要在这里大哭了。"

水原环顾茶室，似有所感。

"在这里和你两个人单独相处，真可怕。就算死了都可以。"

菊枝说。

"这是过去利休忌日的时候我陪你来的地方吧?"

"是啊,那是什么时候?"

"好多年前的三月二十八日吧。不记得了吗?真是靠不住。"

二

"夫人,这是百日红吗?"菊枝抬头看着庭院右手旁的树,问道。

"是沙罗双树。"夫人大声回答说,"跟百日红叶子不一样。树枝也不像百日红那么细。"

"这就是沙罗双树啊?"

"释迦牟尼寂灭的时候,立刻枯萎发白的,就是这种树。在涅槃的画上也有。"

"真是珍贵的树啊!"

"开的是大朵纯白色的花。花落的时候,我就想到了《平家物语》开头的几句,恍然大悟。祇园精舍之钟声,沙罗双树之花色……傍晚时分,整朵盛开的花,会啪嗒一声坠落下来。"

"早上盛开,晚上凋谢?"

"是啊。"

夫人离水原和菊枝远远的,坐在住持房间的连廊上。

两人进了茶室就没再出来，夫人应该是来看看情况的。

之前两人一起出了茶室，站在房间的连廊上。

夫人也跟过来，打开纸拉门，露出纸拉门上的壁画，自己坐得远远的。

纸拉门上的壁画和庭院里的点景石，水原经常见到，所以并不细看，直接在连廊边坐下来。

菊枝坐在水原身后。

"围墙那边，还有一棵沙罗双树的子孙。"夫人说，"是土生土长的，不是天竺漂洋过海来的，不知道会开什么样的花……"

"还没有开过花？"

水原目光投向那棵年轻的树。枝干没有一点弯曲，像白杨树一样笔直伸向天空。

"没有。"夫人回答着，她有意无意地看着菊枝，说，"你呀，也别太辛苦了。哭泣是一世，欢笑也是一世。"

"啊？"忽然被说中，菊枝转过头来。

"不管怎么样，这世上都不好过。不用那么拼命，放轻松。"

"多谢。真是如您所言。"

"世事万般皆浮云。都是一念所致，一切都是虚无的，有什么好烦恼的呢？"

"虽说如此，我却不能醒悟，还是应该经常到寺院里来，听听师父的教诲啊……"

"那可不行。我家那个和尚,除了开悟之外什么都不会,只是长了一张开悟的脸。不过,到了这把年纪,除了开悟之外,动也动不了,也没什么痴心妄想了,也算善哉善哉。反正只要活着,总会看清楚的。"

"年纪大了,反而贪得无厌,那就糟了吧?"

"哎呀呀。欲望这东西,并不光是金钱……既然生作女人,还有什么法子可想呢。"

"是。"

"就是这么回事。"夫人扔下这么一句,站起身就走了。

菊枝看着夫人刚才坐的地方,对水原说:"承蒙好言相劝,但夫人好像是在警告我,真气人。你跟她说什么了?"

"没有。就说了和你在这里相见。"

"是嘛。她好像看穿了我。难道是因为我打扮寒酸,看起来又辛苦又憔悴?真搞不懂……你说要见谁?"

自己过去的女人——水原不好意思承认。

"简直就像在说,不许我勾引你。真傻。"

菊枝做出笑脸,看着水原。

水原没有感到任何诱惑。

这只不过是跟自己已经分手了的女人,或者说,毫无疑问是自己以前的女人。但是,现在菊枝出现在自己面前,反而感觉不到"过去那个女人"了。

所谓幻灭,就是这种感觉吧?

不过,现在的菊枝跟"过去那个女人"相比,并没有多大改变。她那色素不足似的浅茶色眼睛,过去抱入怀中时,清澈无比,现在似乎变浑浊了。唇上也掺进了杂色。虽说如此,菊枝看起来仍显年轻。并不像她自己说的如明日黄花。

这么看来,分别的岁月,也分开了他和菊枝。水原想道。

水原似乎隔着岁月的墙壁,与菊枝再度相会。不,并不是跟菊枝相会,而是跟岁月相会。

两人之间的事,看来时间已经解决了吧。时间磨灭了两人之间的爱恨情仇。

当时分手分得很干净,所以现在才能平静相处。不过,水原真的感到很寂寞,同时感觉很对不起菊枝。

过去那熟悉的菊枝,过去那亲密的菊枝,现在又在他心里回温。

同时,意外的是,死去的妻子也在水原心中鲜明地活了过来。

本来,水原怀疑,失去了相伴已久的妻子,自己同时也忘记了跟菊枝之间的亲密。

现在菊枝在想什么,水原不清楚。但刚才那些话,到底是不是菊枝的真心话呢?

水原想跟菊枝靠得更近,便焦躁起来,说:"其实……去年,我妻子死了。"

"啊?!"

菊枝吃惊地看着水原,眉眼之间露出忧色。

"是嘛。怪不得一直觉得你阴沉沉的,想必很伤心吧。"

菊枝一脸愁苦,几乎要哭出来了。

"我还以为你怎么了呢。原来发生了这样的大事啊。"

"三个女儿的母亲,现在就剩你一个了。"

"还真是啊。就剩下最差的一个,老天还真是不长眼啊。"

"等我死了,会想起我的女人,也只有你了。"

"别吓我。这话真叫人伤心。"

"但是,确实如此啊。"

菊枝盯着水原。

"倒不是为了我死后你能想起我,我常想,过去应该对你好点。真是对不住了。"

"说什么呢。这应该是对你夫人说的吧。你对我的好,我一天都没有忘记。"

水原向菊枝道歉,但如菊枝所言,他就像是在对妻子道歉。

"你夫人去世了,为什么又来见我呢?不问的话,我又要胡思乱想了。在旅馆里等着的女儿们知道了,又会怎么想呢?"

水原回答不出来。

"真讨厌。"菊枝摇摇头。

沉默片刻，两人站起身来。

"去利休大师的墓前吧……"

水原在玄关处说。

"好的，我来开门。"夫人拿来钥匙，开了木门。

站在利休的墓前，菊枝说："夫人的墓，已经立好吗？"

"不，还没有。"

"是嘛。夫人也来参拜过利休大师的墓吧。夫人参拜过的墓，今天让我也来参拜。真对不起。"

双手合十的女人说出这样的话，对水原来说，就像是个谜。

不知道这是女人的真心话还是仅仅是习惯反应。

虽说她是水原"以前的女人"，但现在肯定有别的男人在照顾她。

三

出了聚光院的门，一条路往西走到头是一个微微隆起的坡，那里有小堀远州[1]的孤篷庵。

孤篷庵往西走出来,在通往光悦的鹰之峰的路上,水原走在前头。

从聚光院通往孤篷庵的笔直的路上,松竹疏影已静静斜躺,水原停下脚步细看。

道路北边,塔头林立。

"聚光院的老师父,那副模样可真怪啊。"菊枝说。

水原看着道路说:"那是在模仿阿伊努人……"

"是嘛。吓了我一跳。"

"以后的顶相会很有趣呢。"

"那是什么?"

"禅僧的肖像就叫顶相。"

"是嘛。我记下来了。是叫顶相吧?编成麻花辫垂下来的胡须,我从来没见过。"

"是个古怪的和尚。"

"眉毛、胡子都不修剪,说是让它们自由生长,乱乱的也没关系。面相倒是不错。"

"年轻时候也是个英俊的和尚啊。说是一度有可能当上管长[2],

---

[1] 小堀远州(1567—1647),日本江户初期茶道家,庭院建筑师。
[2] 佛教、日本神教等教派中,管理一个宗派的最高职位。

最后还是世事难测啊。"

"年轻的时候，那些五毒俱全的人，最后反倒五毒不侵、大彻大悟了，不就是这么回事吗？不是说烦恼即菩提嘛。"

水原往总见院正门方向走去。

"山茶花还开着吧？"

有一株大山茶树，传说是太阁秀吉的遗爱，在麦田那边开满了花朵。

应该是在战争中，庭院变成了农田。麦子刚抽穗，在青麦的衬托下，一棵大山茶树傲然挺立着。白色和浅粉的山茶花，属于山茶花里面花朵小的那种。

"抱着若子来这里，已经是十五年前了。"菊枝说，"当时庭院里，也是一个人都没有。我说空无一人，若子说，还有花呢。你已经不记得了吧？"

"是啊。"

水原也想起往事，仿佛那个世界里只有一棵大山茶树。

"要是能再回到那个时候，哪怕一次，该是多么高兴啊。要是今天，能遇到那个时候的我，该是多么高兴啊。"

"只有我一个人老了，那也不好。"

"没事。男人不显年纪。只有我一个人年轻就行了。"

"真是任性啊。"

"任性的是男人吧。问问自己的良心。女人啊，一上年纪，就爱胡思乱想……"

"你……"水原正了正语气，"后来，有什么变化吗？"

"哟，多谢。托您的福，一步步总算撑过来了。"菊枝不咸不淡地回答，接着说，"人生在世，任何时候都要忍耐啊，没有一帆风顺的事。"

水原本不该介入菊枝的生活，不过，可以想象，在战争期间和战后，做风月生意的菊枝跟两个女儿相依为命，其中的艰苦想必不足为外人道。

"若子的事，我家那位到死都记挂着。"水原说。

"是嘛。多谢。真是太过意不去了。到了夫人的忌日，一定上一炷香。"

菊枝的道谢，在水原听来仿佛不是滋味。

"若子我帮你照顾得很好。"

仿佛若子是别人家的孩子，托给她照顾。

"为了若子，姐姐也过得很苦。"

"姐姐怎么样了？"

"有子吗？已经出道了。"

应该是说有子已经成为艺伎了吧。

水原离开大山茶树，出了门。

"有子从小就吃了不少苦，大概是这个原因，长成了一个冷淡的孩子。对若子，她也没什么姐妹之情。"菊枝边走边说，"若子虽说是个温柔的孩子……"

"要是带她过来就好了。"

"本来准备带来的，不过，也不知道你方不方便……"

"听说是父亲，她也不想来见吧。"

"说什么呢。小时候你疼爱她的事情，怎么可能忘记呢。我告诉她不方便见爸爸，若子眼含泪水，一直把我送到门外。"

"是嘛。"

"姐姐有子去年生了一个女孩。孩子爸爸也很神奇，人还年轻，他把孩子带去了东京，一个大男人准备独自抚养孩子。他还一个人抱着孩子，坐火车来看母亲。这种人啊，真是少见。他还说可以跟有子结婚。可惜的是，有子不知是造了什么孽，不肯跟他在一起。还说'就算你愿意，我也不会让若子出道，还是照顾好若子吧。我们家把若子的爸爸当神一样，所以若子也是我们家的宝'。说出这种话，有子也真是个古怪孩子。就算孩子父亲带着孩子到了京都，有子也不怎么亲近。照顾孩子，倒是若子更上心。太可怜了，我都看不下去，直接骂她说，'你这家伙难道不是艺伎的孩子吗？到底是不是你的孩子都搞不清楚了。要扔就扔了吧。我这个样子，带着没有爸爸的两个女儿……'就算骂，她也不听。我有时对若子说，不如你带着这个孩子走吧，孩子爸爸也就死心了。"

菊枝拿出那位奇怪的父亲作比较，倒不是要责怪水原，但水原却不由得心痛了。

还有，去年年底，麻子在京都回来的火车上碰到的那位带着婴儿的男人，莫非就是若子姐姐孩子的父亲？水原心想。

另外，从菊枝的话来看，她和水原分手之后，似乎再也没有生孩子。

水原和她的这个孩子，菊枝对她宠爱有加。

"说实话，那人前天又抱着孩子来了，说是今天要去看京都舞。"

"是吗？我家女儿也准备去看京都舞。"

"真的吗？真巧啊。"

菊枝看起来非常吃惊。

"不会碰到吧。怎么办呢？要是若子带孩子一起去，说不定会遇到她们。"

"是啊。"

"说声'是啊'就行了？真讨厌。脸都没见过，就算见了也不认识，倒也无妨，只是若子太可怜了。真是可怜。虽说不该说这话，但我还是希望她别见到她们。要是能见到爸爸，若子该是多么高兴啊……"

"这个嘛……"水原说，"我带女儿们过来，就是想让她们见若子。"

"是吗？"

菊枝非常平静。

"是因为夫人去世了吧。"

水原仿佛被冷冷捅了一刀，说："也不是。去年年底，麻子瞒着我和她姐姐来京都找妹妹了。"

"是吗？我一点都不知道。"菊枝似乎也吃了一惊，不过她又冷冷地说，"还是不知道的好。不然我早告诉她，不用找了。我可不想背后被人戳着脊梁骂，太难看了。"

"麻子并不是来打探你们的情况的。她也没有告诉我，完全是一片好心。可能也是因为失去母亲有所感伤。"

菊枝点了点头。"真对不起。我太小心眼了……而且这事太突然了，我还没有准备好一家团圆。"

"我想请你考虑一下让她们团圆。"

"啊？多谢了。若子也是'父母所生身'的孩子啊。"菊枝意外地用了一句佛经里的话，"那你是说，要把若子从我这里接走吗？"

"那倒不至于……"

水原含糊其词。

"是嘛。若子有若子的命。那孩子从没忘记自己的爸爸，这一点我是知道的。"

"是吗？我也有三个女儿，母亲各不相同，但三个女儿都记挂着我……"

"不是很好吗？放宽心。女孩总有一天要走的。"

两人你看着我我看着你，笑了。这才发现他们一直在站着说话。竹影在脚下横斜。

进了龙翔寺的大门，只见长条形铺脚石路的两侧，枫树伸展着新芽萌生的树枝。明亮的新绿似乎要把地面照亮。

水原和龙翔寺的师父，战时曾在上海碰到。他比聚光院的师父要年轻许多，依然端庄严肃，他们讲起了在中国的往事，又谈到了禅学最近在美国很兴盛。

师父说寺里有用后院竹林的笋做的乡间菜，准备带他们去茶室。

"啊，黑山茶。"

水原说着，看向靠近墙壁上的插花。

"可惜没有好看的花苞。其实我今天早上看到了几支花苞形状完美的花枝，想着还是新鲜的好。刚才去取时，怎么也找不到了。绕着山茶树转了几圈，都找不到今天早上见到的花枝。那山茶树种在院子角落里，不会是有人来偷花了吧……真可惜。"师父站在水原身后说。

竹筒里的花枝上也有花苞。不过，以前师父好像给水原看过更黑的花苞。比起花朵，花苞更黑。而且，到了春天黑色会变淡。师父说，黑山茶越黑越名贵。

这里的黑山茶也是小朵花，花瓣如天鹅绒般厚实，状如松塔，看起来很高雅。

出了龙翔寺，顺路拐进了高桐院。

这里的茶室据说是照搬利休原来的住所，他们走了进去。

"白色的棣棠，那是六月菊吧？"

水原看向壁龛里的花。

"是啊，是六月菊。"师父回答说。

六月菊长得很像野菊。

"东京已经没有狸猫了吧？"

师父说："这地板底下有狸猫哦。"

"哦？是一只吗？"

"好像是三只。经常来院子里玩。"

所以把庭院的木后门底下锯掉，是想让狸猫自由出入树丛，才特意留了一个出入口。

水原走到庭院里，去看细川幽斋[1]的墓。

"用石灯笼做墓碑，真不错。利休的墓也不错。这些人真叫人羡慕。"水原说。

---

1 细川幽斋（1534—1610），日本安土桃山时代的武将，也是著名歌人。

水原转到灯笼背后,看着缺角的地方,菊枝在后面说:"那山茶花,也分我一朵吧。"

"啊,这枝黑山茶吗?"

水原手里拿着从龙翔寺摘来的鲜花。

"我想拿给若子看……"

"好啊。"

水原把那一小枝黑山茶递给菊枝。

"只要一朵花就够了。"

菊枝说着便扯下了一朵花。

因为这是水原说想给女儿看看而要来的山茶花。

花篝火

一

　　姐姐还在睡觉，麻子轻轻走出房间，在外廊上遇到了女佣。

　　女佣问："您要洗脸蛋吗？"

　　女佣跟在麻子身后，为麻子打开洗手间的电灯，打开水龙头，又帮她拉好背后的窗帘。

　　这家旅馆的洗手间被分割成一个个单人间，三面都是镜子。

　　麻子一边洗脸蛋，一边想今天早饭里的"小芋头"和"豆豆"。京都的芋头和豌豆口味都很柔软，但同样柔软的竹笋和腐竹却没有"小笋头"或者"豆腐片儿"之类的昵称。

　　麻子准备趁着百子还在睡觉，赶紧往去年年底留宿的京都朋友家打个电话。来京都的父亲有什么目的，姐姐心里在想着什么，麻子都不太清楚，不过，她觉得不可大意。

　　回到房间里，麻子开始看介绍京都舞的书。

　　这时，百子发声问道："爸爸呢？"

　　麻子转过头说："你醒了？"

"还没醒。在火车上，一点都没睡的只有我一个。爸爸也打了会儿瞌睡。"

麻子把父亲留下的字条递给百子。

百子淡淡地说："哦？大德寺？"

"真过分。刚到就溜走了。"

"没关系。随他去吧。那就三个人都自由活动吧。"

麻子看着姐姐的脸。

"麻子去看京都舞吧。我要再睡一会儿。"

"不行。已经十二点半了。"

百子把手伸出被子数数手指头，一边抱怨着自己才睡了四个小时，一边爬起来。

百子磨磨蹭蹭的，不想去看京都舞。麻子给她看带照片的介绍书籍，极力怂恿她去。

从明治五年开始，京都舞已经兴盛了七十二年，但是因为战争，在昭和十八年曾经一度中断。今年春天，在七年的沉寂之后得以恢复。

麻子说："你看，这书上写着，街上屋檐下都挂上一串串红灯笼，表示有京都舞表演，也表示祇园的夜樱正在盛开。"

"是吗？我们上学的时候，修学旅行来过这里，还请舞女签过名。如今正是太平盛世啊。"百子说。

但是，最小的妹妹，正是出生在这京都的花街柳巷。

麻子似乎不知道妹妹的身世。百子想，可能是她死去的母亲隐瞒了这一点。连百子也所知不详。

还有……如果没有那场让京都舞不得不停办的战争，父亲也许不会跟京都的女人分手吧？百子这样怀疑。难道不是战争不由分说把他们分开的吗？

不论如何，如果说最小的妹妹是在跳京都舞的地方出生的，父亲劝说两个姐姐去看京都舞，也就太明目张胆了，或者是另有所图吧。百子感觉自己似乎受到了侮辱，兴致不高。

百子对着镜子梳妆时，麻子就坐在她旁边，一会儿帮姐姐拢起后面的头发，一会儿翻看介绍京都舞的书。

明治二年，日本第一家小学在祇园石阶下建成。艺伎和舞女都被叫作女职工，艺伎管理所也改称女职工援助公司。那是维新后的混乱时代。

从明治四年的秋天到第二年的春天，京都召开了日本首次博览会。那次博览会上的舞蹈，就是京都舞的开始。

百子是从书上现学了这些背景知识。

"这次战争中，艺伎不也变成了女职工吗？还要参加劳动动员……不过这次叫作女子工员。"

百子嘀咕着。

"但是，战争结束后，又是清平世界，舞女还是把系得花枝招展的长腰带，垂在身后两侧。"

"那是舞女的象征吧。不过京都舞上那些端茶的女孩，有些年纪不够，算违反劳动法，今天报纸上登了。"

麻子也说。

"舞女垂下来的长腰带，很像相扑选手的发髻。细想起来还真是微妙呢。"

"确实有些奇妙。不过，相扑选手没有发髻，反而更奇怪，那才真是微妙呢。和尚的光头和法衣，也都多少有点奇怪。"

"相扑选手的发髻和舞女垂下来的长腰带，这些东西在我们的日常生活里，以及在我们的心里都习惯成自然了。还有很多……"

百子说着，站起身来，灵巧地系着腰带。

"姐姐的腰带和舞女的长腰带，不是五十步笑百步吗？"麻子问。

"是啊。服饰打扮一方面要追流行赶潮流，另一方面又要遵循传统，循规蹈矩，其实也是模仿别人，真没办法。可是，据说模仿着模仿着，美就消失得无影无踪了。"

麻子拾起镜台一角被姐姐揉作一团的发丝，扔进废纸篓里。

"真讨厌，别瞎操心，我会自己扔的。"

百子低头看着妹妹，皱着眉头说。

新京极和河原町大道人头攒动,百子她们走过三条大桥,沿绳手路往四条走去。

三条大桥都是新建的,桥栏杆是木制的,上面有描金的拟宝珠装饰。桥脚下的高山彦九郎铜像不见了。

从桥上看,北山在河上方描出淡影,对岸柳树已经绿了,眼前东山上一片新绿,花朵点缀其中,百子也感觉到了京都春天的气息。

京都舞的歌舞排练场,一直借给演艺公司用,现在成了电影院,今年京都舞在南座上演。

茶席也没有了歌舞排练场时代的氛围,变成了大煞风景的西式房间。身穿正装的艺伎坐在椅子上点茶。

麻子正要坐在圆椅子上时,突然叫了一声:"哎呀——"

对方也注意到了:"啊,那时候……"

那人微微低头致意。

茶桌连成一长排,客人都坐在一侧。

麻子右边隔三个人的位置是大谷。

大谷右边的年轻女人,抱着那个婴儿。

大谷轻啜一口淡茶,站起身来,走到麻子面前。

"您记性真好,是看到婴儿认出来的吧?"

"是。"

麻子的视线从堵在自己面前的大谷身上挪开,打量着婴儿那边。

"宝宝还好吗?"

"很好。"

然后大谷叫道:"阿若,阿若。"

抱着婴儿的女孩,本来只是向麻子似有似无地低头致意,就走过去了。被大谷这么一叫,她又走了回来。

"我年底回东京的时候,在火车上,这位小姐帮我照顾了小智衣。"大谷对若子说。

若子默不作声地对麻子鞠躬致谢,有点羞涩。

"啊,长大了。"

麻子说着,若子微微弯下腰,给她看看婴儿。

但是,茶杯传到麻子面前了。

"真是打扰了。回头见……"

说着,大谷出去了。

麻子和百子都站起身来。

有人说:"盘子可以作为纪念带回去,请别客气……"

两个点心盘上画着几串糯米团子,麻子用手帕把盘子包了起来。

二

出了茶室,百子对麻子说:"那个抱着孩子的是什么人?"

"不清楚。第一眼看以为是宝宝的妈妈。我以为是妈妈太年轻了,爸爸才不得不照顾孩子。但是,并不是这么回事。"

"真是的。遇上这种事真可怜。一眼就能看出还是个小女孩。我总觉得在哪里见过她。"

"是吗?在哪里?"

"就是电影里吧。跟《十三夜》里的舞女有点像,对吧?"

"折原启子演的舞女?"麻子反问道,"像吗?不过没那么寂寞,那么冷淡。"

"因为年轻啊!才十七八岁吧。还有些婴儿肥,好可爱。"

"感觉上有点像。"

"大谷这个人也是出人意料啊。听麻子以前说起,还以为是个娘娘腔的家伙,没想到挺有男人味儿的。"

"嗯。"

"那种人才能照顾好孩子。"百子说。

客人们都挤在一间看似是休息室的房间里。

京都舞的时间很短,一天有四五场,他们应该是在等前面那场结束。

墙上贴着色纸,上面是艺伎画的花鸟画以及写的和歌俳句。虽说并无惊人之处,也算一种修养的展示。

"请坐吧。"

"不，不用。"麻子说。

若子抱着婴儿站在长椅子前面，有一个座位空出来了。

大谷也上前邀请："请坐。"

麻子走近长椅子，说："没关系，她抱着孩子呢，请坐吧。"

若子有些为难地看着大谷。

大谷轻轻按住若子的肩头，让她坐下。

"不过，还真是巧啊。在京都舞这种地方遇到，还真是没想到。你要看京都舞吗？"

大谷一脸惊讶，麻子微笑说："看京都舞很奇怪吗？"

"倒不是奇怪，就是出乎意料。"

"可是，你都带宝宝来看京都舞了啊。"

"不，并不是准备带孩子来看，而是这位'保姆'要看……"

大谷看着若子笑了。

若子脸红了，似乎想争辩几句，一绷起嘴，就露出酒窝来。

"不过，你说的也是，没人会带婴儿来看京都舞。"大谷接着说，"对了，那时候，我给宝宝看彩虹，也被你说了。"

"哎呀，我当时说，这么小，就被爸爸抱着看彩虹，真幸福啊。"

大谷似乎十分怀念，麻子口气亲和，其实两人不过是一起乘过一次火车而已。

麻子忽然意识到，自己是跟姐姐在一起的，于是暗示道："今天早上经过琵琶湖的时候,我还和姐姐说起彩虹的事。"

"是吗?我刚才就想,这应该是你姐姐吧。"

大谷望向百子。

百子走过来,低头致意。

"这位是大谷先生。"麻子说,像是在给两人做介绍。

"之前,在火车里,多蒙令妹照顾那孩子。"大谷对百子说。

"哦,这孩子对每个人都很温柔。有时简直是强加于人,真是让人没办法。"

大谷有点吃惊地看着百子。他直直地看着她,目光盯住她不动。

百子似有所感地回看,大谷就低下了头。

大谷感觉百子的眼睛在自己的眼帘中燃烧。百子雪白的额头,也残留在大谷的眼帘里。

麻子在婴儿面前弯下腰。

"生日已经过了吧?那时候,说是已经九个月了。"

她往襁褓中看去,自然地弯下腰,靠近若子。婴儿睡熟了。

若子将膝上的婴儿往麻子这边挪一挪。

"不用。吵醒了就不好了。"

麻子说着,用小指尖碰碰婴儿的耳垂。

有一股婴儿的甜香味。

还混杂着若子头发的香味,麻子不由得心情也变得温柔起来。

"好可爱的小耳朵。"

"耳朵跟她妈妈一样。"若子说。

麻子和若子面面相觑,两人近得可以感受到对方温热的呼吸。

若子只化了一层淡淡的妆,耳廓那一圈更为白皙。淡茶色的瞳孔是透明的,天真可亲。瞳孔周围的茶色,也比常人更淡,吸引着麻子。

在两人头顶上方,大谷说:"这个'小保姆'是小智衣母亲的妹妹。说起来还是妹妹更温柔。"

百子听了,责问道:"看来当姐姐的都不大温柔啊。"

"可能吧。"大谷说。

若子忽然抬头看百子,百子装作完全没有注意到若子的目光。

"不过,你怎么知道我姓大谷呢?我给过你名片吗?"大谷问。

"没有。"

麻子的脸微微发红。

"我看到你行李箱上的姓名牌了。"

"哦?那可真是大意了。"大谷一副吃惊的表情,"那么,我就正式自我介绍一下……"

大谷将名片递给站着的百子。

百子看着麻子,似乎在问她的意见:"我只带了爸爸的名片。"

她从手提袋里找出一张名片。

大谷看了看名片，然后看看百子和麻子。

"原来是水原家的小姐啊。竟然是那位建筑师……真是失敬了。"

"哪里哪里。"

若子吃了一惊，面无血色，把婴儿抱到胸前，一下子站了起来，头也不回地走到一边去了。她的脚步僵硬，似乎马上就要跌倒。

婴儿哭了起来。

"怎么了？"百子问。

"不知道。"大谷摸不着头脑，跟在若子后面追了过去。

百子看看麻子的脸："怎么了？宝宝尿尿了？"

"可能吧。"

大谷在外廊找来找去，都找不到若子。

若子不顾一切地跑出了南座。

她快步赶着回家，想告诉母亲，自己见到了两位姐姐。快到家门口时，若子才想起来，母亲去大德寺见父亲了。

怀中婴儿的哭声，刚才她竟一点也没有听见。

三

今年春天的京都舞，唱的是"回忆青春时，祇园好光景，趁兴把那歌儿唱",是吉井勇作的词。舞剧的名字叫作《京洛名所鉴》,所谓"名所",歌道有纪念莲月[1]的《贺茂新绿》,染织有纪念友禅[2]的《四条河风》,绘画有纪念大雅堂[3]的《真葛雨夜》,茶道有纪念吉野太夫[4]的《岛原露寒》,书法有纪念光悦[5]的《鹰峰残雪》。舞剧的内容就是在舞台上寻访艺术各领域先贤的足迹。

百子和麻子坐在靠近舞台的座位上。

麻子看见大谷坐在后面的座位上,却不见若子的身影。

"只有大谷先生一个人,不知那个女孩去哪儿了。"

"真奇怪,她好像看到了什么可怕的东西,脸色煞白……真是很失礼啊。"

"我想是孩子不舒服了吧。她带着孩子,应该就在附近。"麻子似乎很是挂在心上,"她穿的和服,花样很可爱,很适合她。"

"是啊。麻子也注意到了?京都的和服、腰带都是上等货。看她应该是上高中的年纪,想必是不去学校上学了。"百子说。

---

1 大田垣莲月(1791—1875),江户时代晚期的尼姑、歌人、陶艺家。贺茂神社附近有她晚年的茶室"莲月庵"。
2 友禅是江户时代活跃在京都的画师,据说是友禅染的创始人。
3 池大雅(1723—1767),江户时代的文人画家、书法家。他的弟子在东山真葛原建立了大雅堂用来纪念他。
4 二代吉野太夫(1606—1643),岛原名妓,与光悦等交往密切。
5 本阿弥光悦(1558—1637),江户时代初期的书法家、陶艺家、艺术家。鹰峰是他和弟子的居住地。

"昭和太平盛世，历经二十五年之后再次重现舞姿……"

伴随着开场乐，序曲《鸭东竹枝》的舞台上，是用银底的隔扇作背景。

"京都舞……"

"开始了……"

场内一阵欢呼，舞台两侧通道出现了两队舞女。舞女手中拿着柳枝或樱枝的团扇，据说这是京都舞的规矩。伴奏就在两侧通道旁边。两队舞女每队有十六人，共三十二人，身影翩翩，鱼贯进入舞台。

通道上舞女化了浓妆的脸太过接近，百子都不知道该往哪儿看了。

第三景《四条河风》和第五景《岛原露寒》是所谓的"过场"。在《岛原露寒》中，灰屋绍益[1]看到了吉野太夫的幻影，追随幻想直至发狂。这真是一段高潮迭起的舞蹈，麻子还没反应过来，仍在咀嚼余味。

井上流的京都舞，跟吸收了歌舞伎传统的江户风格华丽动作的舞蹈完全不一样。书上说，京都舞有一种优雅低调的美感。麻子觉得一下子跟不上，难以接受。她看起来一脸无助。

南座的舞台，对京都舞来说也太大了。

---

[1] 江户时代京都的富商，和当时艺术界的一流人物交往密切，曾和关白近卫信寻争相娶名妓吉野太夫为妻。

"哎呀,原来大名鼎鼎的京都舞就是这么回事啊。好看倒是好看……"

她似乎想说出来,于是放松下来看戏。

百子也是看得云里雾里的。

场景变换都不会拉下幕布,背景华丽,不断变化,如同幻灯片。

最终曲《圆山夜樱》,合舞的舞女又手持樱枝和折扇,走上两条舞台通道。

麻子松了一口气,看了看百子的脸。

"你还真沉得住气啊。"

"是我们这些看客的错。对京都舞、对艺伎,都没什么了解……他们是在看熟悉的舞女出场吧。"

大谷大概先走了,找不到他的身影。

她们出了南座,刚走到四条大道上,就被人叫住了。

"水原小姐,水原小姐。"

"啊!"百子站住了。

"有一阵子不见了。我是青木家的夏二。"

"嗯。"百子有些惊慌失色。

那学生看到百子发白的脸,自己也脸红了,结结巴巴地说:"好久不见了。父亲告诉了我地址,我就去旅馆找你们了。听说你们来看京都舞,我进去也看不出什么名堂,于是就在外面等着。京都舞反正只有一个小时左右……"

"是吗?"

百子如鲠在喉,站定脚步。

她的身体深处一阵刺痛,就像燃起了一把火。强烈的羞耻和愤怒,从过去呼啸而来。

"夏二,委托我父亲设计茶室的,原来是令尊?"

"是的。"

"是吗?"百子似乎在冷笑,她回头看麻子,"被爸爸骗了。咱们根本就不该来。"

麻子抓住姐姐的袖子。

"麻子。这是青木的弟弟——我过去恋人的弟弟。战死在冲绳的那人的……"

"啊——"

"走吧。"百子催促道。

从南座一涌而出的观众,加上从圆山赏花归来的人潮,将四条大道挤得水泄不通。

麻子抓住百子的手腕。

百子平静地说:"麻子当时还小,什么都不知道吧……"

"嗯。"

"我不是有意隐瞒……爸爸也不知道,其实……"

夏二从旁插嘴说:"父亲和我都觉得很对不起百子小姐。父亲常说,要向百子小姐道歉。"

"是吗?不过,我的痛苦都是自作自受。你哥哥不过是扔下了一颗小小的种子就飞走了。把这颗悲伤的种子种大的人,是我。"

百子看着夏二说:"夏二,你上大学了?"

"明年就要毕业了。"

"真快啊!是京都的大学吗?"

"不,是东京的。我是趁放假来的。"

"说是来京都,你家不是在京都安家了吗?"

"但是,我还是住在东京。"

麻子此时才能细细打量夏二。

想到这是姐姐恋人的弟弟,她内心不能平静,忍不住死死盯着夏二,想在他脸上寻找他哥哥的影子。

夏二说,他是父亲派来的,想请两位小姐吃饭。

百子点了点头。

"我也想见见你父亲。"

因为还有时间,他们便一起去看了圆山的樱花。

"满城春色,集于一廊,圆山老樱,可叹命不长……"如同京都舞的歌里唱的,那垂枝樱已经枯老,后面种上了新树。

百子他们路过左阿弥[1]，走上了吉水草庵前面的坡。四条大道能一眼望尽。大道那边，西山的天空晚霞漫天。

夏二俯视着脚下的街道，向麻子介绍景点。

百子站在两人身后，看着夏二的后脖颈——跟他死去的哥哥一模一样。不过，夏二的脖颈，让百子想到了童贞，不由得百感交集。她轻轻闭上眼睛，眼泪就流了出来。

她想抱夏二的哥哥一次。

"真无聊，你这个人，不行啊。"她要推开启太，对急切地想要靠过来的启太说："你真无聊。"

这是对夏二哥哥的报复——百子因悲哀而战栗着，再睁开眼时，下面的圆山公园处处燃起了花一般绚丽的篝火。

---

[1] 京都圆山公园旁边的一处著名日式料亭。

桂之宮

一

圆山公园的人流中，一辆红色十字标志的急救车拉着响声彻天的警笛疾驰而来，大家都停住脚步观望出了什么事。

"赏花喝醉了酒，打起来了——"

原来是这么回事，问起伤情，有人说："见血啦——肉都翻出来了……"

百子刚才就觉得这话说得调子悠长，与麻子相视而笑。

不过，现在想起来，京都口音听起来隐藏着一种异样的残忍。也许是百子自己的心情所致。

看着夏二和麻子的背影，麻子看起来虽然不像自己，但夏二的身影跟哥哥启太一般无二，百子仿佛在麻子身上看到了自己过去的身影，不由得感到一丝嫉妒。

夏二叉在腰上的手里拿着方角帽。百子不禁觉得，那学生帽就是启太的遗物。夏二明年毕业，学生帽应该也旧了，但百子就是觉得，那一定是他哥哥留下的。

百子的胸部仿佛被勒紧，乳房也变得僵硬起来。

不知道那个"乳碗"怎么样了？——百子想起来了。

启太用百子乳房的形状做了一只银碗，虽然不是真的碗，但启太把它叫作"乳碗"。

那时候，两个人接吻了。

启太抱着百子的头，他的手指从百子的肩头移向胸前，触摸到了乳房。

"不要，不要。"

百子缩起胸，用两手按住乳房。

"啊，妈妈。"启太说。

启太手上加了点力。百子准备防御的手，反而将启太的手推向了乳房。

"妈妈，啊，妈妈。"启太又说。另一只胳膊更用力地抱紧百子。

"妈妈……"

百子感觉，启太的叫声在自己身体内部某处，如回音般回响。启太的呼唤声仿佛远在天边。

百子感觉头晕，有点恍恍惚惚。

"妈妈？……"

百子感觉自己也在呼唤母亲。

百子失去了力气，身体瘫软了下来。启太环抱住百子的手，伸到她胸前，上下抚摸。

"不可思议啊。"

启太把额头贴在百子胸前。

"妈妈，我刚才这样叫了吧——这是真情流露。感觉就像见到了母亲，可以放下心来，去死了。"

真的，启太可能明天就要去死了，他是空军。而且，启太没有母亲。

百子爱情的堤坝决堤了。

百子的乳房让启太感受到了母性，缓解了百子作为女性的羞耻感。

百子沉浸在神圣的温柔之中。

而且，百子幼年丧母，百子自己对母亲的眷恋，也被启太唤醒。

"怎么会感到这么安心呢？！"启太说，"这阵子我的心慌慌的，看来还是怕死啊。摸着你这里，我就明白了。"

百子知道，自己胸前的衣襟被解开了，两个乳房裸露在外。

"啊——"

启太发出低低的叫唤，把额头抵在两个乳房中间。

而且，他仿佛要用乳房内侧包裹住自己的额头，两手从乳房外侧向内压。

"啊！"

百子浑身颤抖，想从长凳上跳起身来，却站不起来。

恶寒一般的战栗让她脸色苍白。百子出人意料地抱住了启太的头，异样的感觉反而渐渐平静下来。

启太抬起湿润的眼睛说："百子小姐，我能取你乳房的形状吗？"

"啊？"百子不解其意。

启太说，要取乳房的模型，做一只银碗。

"以此为盏，饮尽我生命中的最后一碗酒。"

百子感到了一阵恐惧。

"过去有以水代酒，交杯作别。现在，特工队出击的时候，也会喝凉酒。让我自己做最后这杯酒的杯子吧。我要用它跟人生道别。"

百子感到毛骨悚然，无法拒绝。

启太搅拌起石膏。

百子横躺在长凳上。她快要哭出来了，只好闭上眼睛。

启太想要拉开她的胸襟，百子抗拒了两三次，最后放弃了。

"真美。"

启太站在旁边，踌躇不决。

"有点像是要牺牲百子小姐，还是算了吧。"

"没关系。"

但是，启太开始用竹刮刀往乳头上放石膏时，百子叫道："不要，太冷了！"

百子缩起肩膀，缩起脚，侧过身来。

石膏流到胸前。

"好痒啊，不要。"

百子娴静的模样乱了，启太眼睛里的神色也乱了。

百子皱起眉来往上看，正好撞上启太的眼色。她如同被乱箭射中，躺下动弹不得。

令人不安地发痒，百子拼命忍住，直到脸上失去了血色。她紧紧闭上眼睛，感到启太的手在不停颤抖。

黏糊糊的石膏覆盖住乳房，从里面渐渐凝固起来。

沉甸甸的石膏，渐渐勒紧乳房，有点疼。

百子感觉乳房会紧缩，然而，乳房反抗着石膏的压力，反倒从底下强韧地鼓胀上来。那乳房带着热气，身体也回暖了。

百子忽然变得大胆起来。

"尸体面模，就是这么取模型的吧？"

她低声说。

"尸体面模？是的。"启太慌忙补充道，"但是——对我来说，这是死亡之杯，我准备用这酒碗饮尽最后的人生。"

百子沉默了。

启太用竹刮刀抹平石膏的表面。

等石膏固定以后，启太取下石膏，往里面看。

"底下有一个小小的坑。是乳头啊,真可爱。"

"怪羞人的,不许给人看哦。"

百子合上衣襟,坐起身来。

乳房的模型,比想象中更小巧,浅浅的。

"底下有突出的地方,站不稳,会翻倒,加上杯脚吧。"

启太稍事思索。

"就用百子小姐的小指吧。让我也给小指取模型吧。古时候,有小指属于恋人的说法。"

于是,百子的小指也被涂上了石膏,取了模型。

"五六年前开始,我父亲就调制黏土,烧茶碗。其他东西都不做。不过,让我产生这个想法的,是父亲的茶杯。"

百子背对着启太,在擦拭胸前沾着的石膏。

她筋疲力尽,又感到一种难以言喻的寂寞。

乳房的模型被取下的那一刻,就像自己的生命也被抽光最后一口气一样。

结束了吗?

一种不满足感油然而生。一股从身体深处涌上来的热浪,让百子紧靠着启太。

启太抱起百子,把她抱进旁边的卧室,她没有拒绝。

"这可不是闹着玩哦。"

百子说着，始终把脸藏在启太怀里。

来见百子之前，启太常会先去和娼妓游戏一番。而且，他把这些都告诉了百子。百子难以揣测启太的真实心意，苦恼不堪。

为什么需要别的女人呢？为什么还要告诉她呢？为什么要先去娼妓那里，才来见百子呢？

启太说，娼妓也是日本女人，对特工队员都尽心尽力地侍奉。飞机场附近的农家姑娘也有不少向启太他们献身的。这些冒险故事，启太也都讲给百子听。

启太用一种轻松明快、若无其事的口气讲这些故事，但百子仍然听出了启太的烦恼和痛苦。除了原谅启太，她没有别的选择。

启太尊重百子的纯洁。他这将死之身，努力守住不去破坏百子的纯洁。百子是这么认为的。

启太来见百子之前去娼妓那里，是为了克制自己的冲动，预先解决掉自己的欲望吧。

但是，启太这么做，仿佛是在责怪百子。明天就要飞去送死的人，却不给他想要的东西，这也是一种罪恶。

本应该在百子身上寻求的东西，启太却只能去找娼妓。

为什么不找自己要呢？百子想。她并不吝啬。

难道启太来找百子，只是为了洗净在娼妓那里沾染的污秽？

但是，百子有时也怀疑，表面上，感伤的启太尊重百子的纯洁，但他的内心恐怕已经破罐子破摔，沉醉于刹那的放纵了吧。

启太把为了尊重百子的纯洁当作自己放纵的借口，是自欺欺人吧。这种怀疑之下，隐藏着百子说不出口的嫉妒。

所以，启太夺走了自己的纯洁之身，百子长久以来阴云密布的爱的天空，劈过一道闪电，就像太阳当头灿灿照耀，令她欣喜异常。

——启太马上放开百子。

"啊。"

他吐出一串呻吟，翻倒在旁边。

"啊，真无聊。搞砸了。"

百子一阵发冷，抬起上身。

启太背对着她，下了床。

"哎呀。你这个人，不行啊。"

百子的血液都要被冻僵了，她连憎恨和悲伤都不知为何物了。

启太坐在长凳上，闭上眼睛。

"请把石膏砸了。"

羞耻和愤怒涌上心头，百子叫道。

"真讨厌！"

后来，启太再也没有和百子见过面，他就这么死了。

"乳碗"听说最终做成了，但百子没有见过。

一周以后，启太去了南九州鹿屋的航空基地，战死在了冲绳。

已经是五年前的事了。

启太取百子乳房的模型做银碗的事，后来想起来就像是奇怪的梦幻。百子自己都难以相信。不过，孤男寡女两个人，做出什么奇怪的事都不足为奇。百子现在又这么想。

乳房形状的银碗，这些应该属于年轻时的感伤吧。

夏二和麻子的背影，也有百子看不穿的地方。

百子靠近夏二。

"夏二，那帽子是你哥哥的吗？"

"是的。我戴有点小，不过戴着戴着，就合适了。"夏二回过头来说。

二

从知恩院大钓钟堂，三人来到御影堂前面。

穿过环绕御影堂的莺声地板走廊，堂前开着一株垂枝樱。

暮霭之中，小巧的花房带着淡紫色，分外娇艳。这里一个人影都没有，静寂之中只听见圆山那边传来的喧哗声。

"和祇园那株枯死的夜樱是一个品种。"百子说。

他们没有出山门，而是回到了圆山公园，爬上刚才那条坡道，进了左阿弥。

三人被带到离庭院稍远的包间，百子的父亲和启太的父亲已经来了。

"啊，爸爸你先来了……"麻子说。

夏二退到旁边，让百子先过去，百子毫不迟疑地进了包间，向启太的父亲问好。

启太的父亲离开坐垫，郑重其事地说："大家好。一直想见见百子小姐。欢迎来京都。"

"多谢。"百子垂下眼帘，接着说，"不过，我其实是被爸爸骗来的。"

"嗯，刚才我正跟水原先生说这件事。"

百子抬起脸，看着启太的父亲。

麻子和夏二也就座了。

"我们家搬到京都，也没有跟百子小姐打招呼。跟你父亲说过，便以为你也知道了。"启太父亲说，"对百子小姐来说，可能已经是过去的事了，我也希望那件事已经过去了，也不想再提。不过，没通知启太战死的事，真是对不起。当时是特意不通知的。"

"倒是我，都没有去吊唁……"

"不。虽说如此，我一直等着有一天能见到百子小姐，替启太谢谢你。说是道谢，不如说是道歉。他那种死法，后来想想，真是必须向百子小姐道歉啊。"

"谢谢。百子也明白青木先生的心情吧。"百子的父亲插嘴道。

"嗯。要是能跟百子小姐说声感谢，道个歉，我只想当作过去的事都没发生……"

"其实并没有过去……"百子平静地说，"但已经是过去的事了。"

启太的父亲沉默片刻，说："启太死后，我很想念百子小姐，很想见你，却一直忍着。"

"一度我也想去死，还吞过氰化钾。"百子说得云淡风轻。

"啊，姐姐？"

麻子大吃一惊，和父亲还有启太的父亲都看着百子。

"是真的呀。"百子对麻子说，"那时，女人也被征用到工厂。大伙说，与其在空袭中毁了容貌或是被俘，不如死了好，所以工厂发给我们每人一份氰化钾。我也准备了一包，吞下去了。"

"什么时候，那是什么时候的事？"

"谁知那竟是砂糖啊。"

"砂糖？讨厌，真讨厌。"

"我吞下去的时候以为是氰化钾。放到嘴里之后感觉好甜啊，我猛然醒悟，药包里的东西不知什么时候被人偷换了。肯定是麻子的妈妈干的。是被妈妈换掉的。因为妈妈，我才活了下来。"

麻子一直盯着姐姐看。

"真的要谢谢妈妈。不过，人的命运真是妙不可言。因为氰化钾被偷换成了砂糖，我就活下来了。后来我再也没想过寻死。在我不知道的时候，妈妈的一点心意，救了我的性命。我舔着砂糖，虽然觉得很滑稽，但想着我自己的母亲也是自杀而死，忽然变得害怕起来。"

百子的话，让满座鸦雀无声。

麻子小声说："第一次听说这件事。"

"是啊。决意寻死却吃了砂糖，说起来就觉得好笑。妈妈偷换了砂糖，估计也不知道我什么时候吃吧。不过，我很感谢麻子的妈妈。"

不知姐姐为什么此时说起这件事，麻子搞不清楚姐姐的真实心意。

对于百子的话，麻子也半信半疑。

百子的母亲死于自杀，启太的父亲和夏二可能都知道，为什么百子要在这里说起这件事呢？

菜端上来了，席间还是很沉默。

这间房间外面的夜景，和从吉水草庵前面俯看的京都街道差不多，就连圆山公园的花篝火也能看到。

启太的父亲比百子的父亲大三四岁，但看上去反而更年轻。

宽阔的额头下面，眼睛闪着充满活力的光芒，他圆润丰满的手，跟脸有些不相称。他的手，和死去的启太的手也很相似。

比起夏二，他父亲的脸颊更有光彩。大概是老人的血色，反而让人误以为是返老还童。

百子在心理上极力和启太的亡灵搏斗，但看见这位父亲，似乎完全失去了力气。

三

桂离宫的参观许可证上，有水原、百子、麻子，还有夏二四个人的名字，但水原和百子没有来。

凭着建筑家水原的名号，拿到许可证简单了许多，但百子不来，这让麻子感到出乎意料。

夏二来三条的旅馆邀请他们的时候，百子没有出来。

"姐姐去车站接东京来的人了。"麻子说着，脸红了。

她说的是实话，不过，其实是竹宫少年从东京追着百子的足迹过来了。

"你父亲呢？"

"爸爸去奈良了。他们两个人都自由行动，真讨厌。"麻子想起姐姐的话，说道。

他们在四条大宫换乘电车,在桂站下了车。

下车以后要往回走一段路,步行到桂川岸边。

"坐巴士来,沿桂川岸边走就好了。这样就能沿着桂离宫的竹篱笆走了。"夏二说。

不过,走在麦田中间,对麻子来说是难得的体验。油菜花开了。云雀高鸣,麻子饶有兴致地仰望天空。

就京都来说,这片地方相当平坦,附近的岚山、小仓山对面的爱宕山,更远处的比睿山、北山连绵,风景一望无际。东山掩映在云霞之中。

麻子环顾着周遭的春色。

"要是姐姐在就好了……"

"从左阿弥回来的那个晚上,我和父亲谈了很多关于百子小姐的事情。"夏二说。

麻子回过头来:"说了些什么?"

"是啊……氰化钾和砂糖互换,这么一点点的变动,人的生死就在无意识间改变了。我觉得这很好。"

"姐姐是不是真的吃了砂糖,还不知道呢。"

"就算是编出来的故事,也足够有趣了。我觉得是真的。"

"我们家没有一个人知道。"

"你母亲真伟大。"

"是吗？孩子藏着氰化钾，不管是谁的父母，都会拿走吧。"

"光是拿走可不行，还会再搞到手的。"夏二接着说，"不过，我哥哥的氰化钾一直都放在桌子的抽屉里呢。直到大火把家烧毁……听百子小姐讲那个故事的时候，我还以为是哥哥把氰化钾给了百子小姐呢。"

"啊？"麻子吃了一惊。

"也许，百子小姐说起那个故事，是为了向我们抗议。"

"不是那么回事……"

"总之，如百子小姐所说，人的命，就是这么回事。有时就是这样的。她尝到了砂糖，就活下去了。那天晚上，我一直盯着百子小姐看。她看起来更美了。"

这里像是一个村落，剥落的白墙脚下，盛开着棣棠。

"我哥哥死的时候，日记和信也都烧掉了，什么遗物都没有留下来。百子小姐如果来我们家，我准备拿给她看那个队里送来的一个像银碗一样的东西。"

"姐姐说过，你哥哥的事连爸爸都不知道。"

"嗯。不过，我父亲说，想请百子小姐在家里住一阵子，跟水原先生也商量过了。"

父亲想把姐姐交给启太家吗？为了治疗因启太而受到的伤……麻子想。

二人来到桂离宫前面。

正门前的草地上，松影沉静，蒲公英和紫云英交错绽放。竹篱前面，重瓣茶花正在盛开。

生之桥

一

桂离宫周围竹墙环绕，竹墙看上去就像是一片竹林。不过，大门旁边是用粗竹和细竹枝编成的矮围墙。

参拜的人都从御门右手边的便门进去。

那里有守卫的门房。

麻子拿出许可证。

守卫中的一个人说："是水原先生啊。"

又看见夏二一身学生打扮，问："鞋底没有打钉子吧？"

"没有。"

夏二抬起一只鞋底。

守卫的门房旁边，是一个参拜人的等候处。

他们坐在等候处古老的椅子上，夏二说："大概是怕学生鞋底的钉子踩坏了庭院吧。这点我们还是识趣的。"

"嗯。不过，听说参观的人把铺路石和踏脚石都踩坏了。"麻子说。

"每天都有人踩上去,就算是石头也要被磨平了。"

"嗯,也是,每天都有人来。"

"所以啊,父亲说,虽然现在比起战前参拜容易多了,但每天还是有人数限制的,不然建筑就毁坏得更厉害了。这里本来是朴素的书院式建筑,又是三百年前的房子,本来这里就是住宅,不是让人参观的。有一段时间一天最多只让十五个人参观,说是外廊上人太多了会不堪重负。"

每天分几次,参拜人在规定的时间里,由守卫带领进去参观。所以没有到点之前,都在等候处等待。

不过,麻子经父亲指点,去守卫的门房那里问能不能让他们自由参观。

守卫说:"是水原家的小姐啊。可以的,您请便。"

两人决定先绕林泉走一圈。到了用茅草修葺屋顶的小门前,只见那举世闻名的真之铺石路[1]正在对面,于是穿过了御中门。

铺石路从门开始斜斜地通向停轿处。铺石路左右有踏脚石,绿苔满满地盖住了石头的边缘。

"桧叶金藓的花开了。"

"啊,苔藓花开了。"

---

[1] 桂离宫有真、行、草三种铺石路。

两人同时叫出口，又对望了一眼。

苔藓花的花茎比绢丝还细，肉眼看不出。花朵也如同某种小花赤裸的雄蕊般小巧。一丛小花浮动在绿苔之上，名副其实是低低地飘浮着。

仿佛是静止不动的，仔细一看，又像是在暗暗摇曳。

两个人都被这不起眼的小花吸引了，同时出口赞叹，实在是因为这幅情景太过动人。但是，两人都找不到合适的语言形容这种美，只能说"苔藓花开了"。那是感动的赞叹。

布鲁诺·陶特曾经这样描述桂离宫的精髓："桂离宫是日本建筑最终也是最高的发光点。""令人不由感到，这种妙不可言的艺术的源头，毫无疑问在于冥想、凝思以及日本的禅宗哲学。"朴素的玄关前，盛开着苔藓花，给人一种温柔的印象。让人感觉，这个春日是多么温柔。

两人随性地踩着铺石路走到下轿处。踏上石阶，站在脱鞋的石板前面。石板能放下六个人的鞋子，因此又叫六人脱鞋石板。

从这里看去，墙壁的颜色都是京都风格的铁锈红，与庭院分界的围墙也是铁锈红。

从围墙的便门出来，就是月波楼。两人回到御幸道上，从红叶山前面进了庭院。

"这儿也有凤尾蕉啊。"夏二颇感意外地说。

"据说是岛津家进献的。"

"种在这里不和谐啊。不过,那时候应该很珍贵吧。"

夏二走进前面的亭子,坐了下来。

麻子站着。

这里种着十几棵凤尾蕉,有些出人意料。在日本树木郁郁葱葱的树影里,这热带树木就像是人工盆栽,在通往茶室的小路上,给人恰到好处的耳目一新之感。

夏二脱下帽子,置于膝上。

"真安静啊,还能听到水声。"

"那是鼓瀑吧。将桂川的水引进庭院的池塘里,水从那里落下来。"

"是吗?麻子真是什么都知道啊。"

"我来之前可是好好读过介绍的书了。"

"在高中的时候,我也读过布鲁诺·陶特的《桂离宫》。不过已经忘了。"

"要是爸爸能一起来就好了。"

"是啊。不过,对你父亲来说,这里并不稀罕吧。要是你姐姐能一起来就好了。"

这话是什么意思呢?麻子思索着。他说了这句话,麻子才意识到,只有自己和夏二两个人来了桂离宫。

"还能听到云雀的声音。"

"是来时路上的云雀吗?"

夏二也侧耳细听。

"是在叫啊。不过,到底是不是刚才那片麦田上的云雀,就不知道了啊。云雀并不少见吧。"

"肯定是那只云雀。"

"女人——都会这么想啊。你姐姐也是这样。比如看到我的旧帽子,百子小姐马上想到那是我哥哥的遗物。虽说你姐姐的直觉很准,但学生的旧帽子几乎都是一样的。她马上断定那是我哥哥的遗物,真是有点好笑了。"

"不过,刚才只有一只云雀啊。"

"不止一只。"夏二不容置疑地说,"你姐姐左看右看,总觉得我像哥哥。在我的眼睛、耳朵、肩膀上寻找哥哥的踪影。真讨厌。"

"我知道你的心情。不过,为了姐姐……跟哥哥相像,不也挺好吗?"

"为什么?"

"姐姐会觉得获得了安慰。"

"是吗?应该是相反吧。对你姐姐来说,看着我,不如看看桂离宫之类的吧。这项旧帽子,虽说以前是他们恋爱时我哥哥戴的,但也什么都没留下啊。"

夏二抓起帽子,站起身来。

"我跟姐姐相反。我只能从夏二身上,想象你哥哥的样子。我不太了解你哥哥。"

"那我也不喜欢。这样的话,我就变成哥哥的影子了。虽说我们是兄弟,但性格差得很远。"

"是啊。"

"命运也完全不同。我和麻子小姐在一起,就不会想起你姐姐。"

"因为我们本来就不像啊。"麻子不由得说漏了嘴,脸上一红,"而且,我和姐姐都还活着。"

"是啊。我哥哥死了,消失得无影无踪。所以,不管什么东西都能让人想起他。那之后,我也责怪父亲。见了百子小姐之后怀念死去的儿子,这真是父亲任性的感伤。父亲见到百子小姐,就想放任自己倾吐哀伤。就算百子小姐也为哥哥的死哀伤,但是跟父亲的哀伤相比,也是截然不同的。"

麻子点点头,说:"可是……"

"我不明白,死去的哥哥和还活着的百子小姐之间,现在还架着一座桥吗?还是说,有什么东西联结着他们……"

"我也不明白。不过,我想是有的。"麻子回答说。

不过,她又想,那桥也许已经腐烂了、坏了,踩上去险象丛生。

百子不就是第一个从桥上掉下来的吗?

"我觉得那是一座没有彼岸的桥。就算活着的人架起了桥,对岸也没有落脚处,桥的一段悬浮在空中。不管在桥上走多远,都到不了对岸。"

"那么,你就是说,对方死了,爱就结束了?"

"我是为了活着的人——为了百子小姐,才这么说的。"

"我不相信有什么天国或极乐净土,所以为了死去的人,就要相信爱的回忆。"

"是啊。就把回忆当成回忆,就像这桂离宫一样,静静地待着,只要不给活着的人增添痛苦就好了。"

"是啊。姐姐就算来了桂离宫,你在,她还是会想起你哥哥。"

"总之,哥哥死了。所以,哥哥看不到桂离宫了。但是,我们还活着,所以今天还可以看到,明天想看的话也能看到。就是这样吧。"

"是啊。"

"为了一朵花开的美丽,我们也应该活下去。有这样的话吧。"

"不过,你哥哥的事,不知道姐姐为什么对我和爸爸都闭口不谈。"

"因为她知道那是不会成功的恋爱吧,注定要成为悲剧……"

"是吗?"

麻子看着夏二。

"是啊。百子小姐的爱,好像是从哥哥战死的那一刻开始的。"

"是吗?"麻子反问道。

"不过,我们还真好笑。到了桂离宫,却一直在谈哥哥和姐姐的事。"

"是啊。"

麻子也笑了。

"为什么呢?"

二

出了亭子,迎面就是一片池景,两人走过一条小溪流。

"这就是刚才听到的水声,是鼓瀑吧。"夏二说。

"嗯,据说以前水更大,流进池里的声音更响,池塘里的水也清澈多了。"麻子说。

夏二走到池塘边。

名为天桥立和道浜的碎石道,长长地延伸向池塘中央。顶头立着小石灯笼,池塘对面是松琴亭,池中倒映出岸上的一草一木。

天桥立由小圆石铺成,石头中间的芳草探出头来,除草的老婆婆掀起黑色石头,拔掉青草。

夏二站在老婆婆旁边，看着她拔草。

"婆婆，你每天都来吗？"他跟老婆婆搭话。

"是啊。每天都来。"

"一共有几个人哪？"

"拔草的吗？两个人。"

"只有两个人？"

"两个人根本顾不过来……庭院有一万三千坪呢。其实就只能拔掉你们走过的地方的草。"

"婆婆，工钱是多少？"

婆婆没有回答，夏二再次问道。

"少得很，不值一提啊。"

"一天两百日元？"

"要是有那么多就好了。"接着老婆婆像是自言自语，"差不多一半吧。"

"一百日元啊。"

"再高一点……多个二十日元。"

"一百二十日元吗？"

老婆婆俯下身，继续拔草。

"比在高尾山搬运杉树圆木的婆婆好多了。"

麻子说起了之前的见闻。

以前有一次，麻子他们到了京都，那时花期已过，新绿初现。父亲带着麻子去了高尾山看枫树的新叶。

下了神户寺的山，过了小溪，爬上一个陡坡，搬圆木的女人正在山坡半腰休息。一个十五六岁的少女，两个二十出头的姑娘，还有一个年过五十的女人，一共四个人。少女大概是跟着见习，搬的是细圆木，年长的女人搬的是粗重的圆木。

麻子他们也在停下来稍事歇息。看着她们把圆木顶在头上站起来。杉木庞大如柱，又沉又长，放到头顶都很困难，花了不少力气。

年长的女人苦笑着，对麻子他们诉苦说，从山里到山下，这座山要一天上下三趟，才一百日元，只能喝到点用配给的米煮的粥，都不长力气。

拔草的婆婆听了麻子的话，说："真不容易啊。"

她这才抬起头，看着麻子。

"她们的活儿干起来累，不过时间短。"

"是吗？"

"腰伸得直啊。"

"顶在头上搬的，姿势不错。"

"是啊。要是像我们一直弯着腰，早就起不来了。"

从天桥立回来，路又往一片树林延伸进去。青苔之上落着茶花。

绿叶缝隙间，泄露出外面的竹影。

"去神护寺的时候，我们遇到一个拜庙歌比赛。"麻子说，"有选手是从乡下大老远来的。大家在正殿齐聚一堂，和尚当裁判。那个比赛相当有趣，就像广播里一展歌喉的节目，还有伴奏呢。"

"那还真有意思。"

"都是些唱歌高手……"麻子回想起来说，"本来我们是要去参拜药师如来，结果正殿被歌唱比赛的人挤满了。比起在近处，还是稍微远点听更好听呢。就是那种感念故乡的歌。因为是高手，所以都很厉害。在大枫树底下听歌，不禁感叹，真的是到了京都了啊。"

抬起头，枫树的嫩叶，在天空中画出日本式的花纹。麻子还想起了那个晚春午后的阳光。

"是啊。巡礼唱的拜庙歌，是西国民谣。"夏二也说。

"真令人怀念啊。"麻子说。

"但是，唱拜庙歌的京都，市长和知事都是社会党啊。"夏二接着说，"麻子小姐来了之后，举行了知事的选举，社会党的候选人当选了，报纸上有照片，新知事由共产党和劳动组合的红旗簇拥着，进了府厅。今年的劳动节，知事和市长都要站在队伍前头。桂离宫和唱拜庙歌的京都也有这样的风景啊。"

"对我们来说，就是旅行者的京都……"

"我虽然在京都有个家，但仍然是一个想听巡礼歌的旅行者。"

"令人怀念的东西还在啊。"

"你姐姐也一起去高尾山了吗？"

"是啊。姐姐听拜庙歌听得最入神。"

"是嘛。"夏二应道，"哎呀，我们又说起你姐姐来了。"

也许是因为除此以外没有什么好说的，也许是因为很难聊起其他的。

小路延伸向一个小小的山坡，上面就是卐字亭。

四个凳子的朝向各不相同，四个人坐下来，都不会面面相觑。设计得十分巧妙。

虽然看不到对方的脸，却仍然可以说话，也可以沉默不语。

麻子和夏二就沉默不语了好一会儿。麻子忽然想起一句话：

千万别试图说出你的爱

爱永远不能被说出来

这是威廉姆·布莱克的诗。

麻子不相信这种话。她还没遇到过这种痛苦的爱，令她想要相信这句话。不过，这句话令人难以忘记，麻子就把它记在了心上。

在这安静的树林间，这句话却如同预言一样苏醒过来。

"刚才的云雀也不叫了。"

"是啊。"

夏二看着前方,似乎也在听远处的声音。

"坐在这里,风景都被树遮起来了。一开始设计的就是让人看不到风景,不过最早庭院的池塘、书院、后面的西山都是看得见的。不知道是不是树都长起来以后遮住了。庭院里草木荣枯,看现在的模样,很难推想几百年前的情形。不过,树隙之间可以看到散落的樱花,真好。那个新书院旁边的庭院里,有三四棵樱花树,樱花太少了。"

"是啊。"

麻子也看过去。

"刚到京都那天,爸爸去了大德寺,和那里的和尚说起大德寺没有樱花……爸爸说,当时忘了,后来想起来是《本朝画史》里明兆的故事。"

"我读过《本朝画史》,不过都忘了。"

"义持将军喜欢明兆的画。有一次,他跟明兆说,你有什么愿望我都满足你,说出来听听。明兆不想要钱,也不想要地位,只有一个愿望。他说,听说前段时间东福寺的和尚种了一棵樱花,这样一来,恐怕精舍以后会变成游宴的地方。希望您下个命令,砍掉那棵樱花树。将军答应了,于是砍掉了所有寺院里的樱花树。"

"哦。明兆的画相当狂野,原来如此。不过,战后的寺院很多都悄悄地变成餐厅了,对艺伎和舞女都来者不拒。"

说着,夏二站起身来。

麻子掏出镜子,想要整理头发。

银之乳

一

从卍字亭的山坡上下来，走过一座大石桥就是松琴亭。

这座桥是用一块长三间[1]的岩石建的，据说是加藤左马之助[2]献上的，是白川石，因此这座桥也叫白川桥。

夏二在石桥上停了下来，麻子也停下了脚步。

夏二其实希望麻子独自站在桥上，从远处遥望这幅风景。不过，这句话他说不出口。

"被石头包围住，感觉自己胸口也闷闷的。"夏二说。

麻子不明其意："是吗？"

"对于庭院里的点景石，我一窍不通，这就是所谓的远州[3]趣味吧。"

"不知道啊。"

---

1 日本长度单位，约合1.8米。

2 加藤嘉明，安土桃山时代、江户时代的武将、大名。

3 日本茶道流派之一，江户初期由小堀远州创始。

"这片点景石放在庭院里面,显得太拥挤了。不知道该说是紧张还是尖锐,放在这里相当神经质啊。感觉这群石头群起攻之,压迫着人的神经,而且凹凸不平的,荆棘遍地……"

"就是石头啊。"麻子轻松地说道。

"不过,不是普通的石头。点景石就是把石头组合起来,试图表现什么。把天然石头摆放在土壤之上创造出一种美,我们却感受不到。大概是因为看了庭院毫无所感,这些石头群看似想表现什么,才会给人以窒息的感觉。不过,这么说来,不光是这里,很多点景石的庭院都是这样。这里的点景石还是有点过了。"

"我不大懂,你不是一直在看身边的点景石吗?"

夏二回头看麻子。

"我站在这座石桥上,看到周围的点景石,忽然意识到,这不是属于我们的桥。这种点景石中间的石桥,要什么样的人站在上面才合适呢……"

"那应该是桂宫大人吧。"

"桂宫那时候的人啊。不过,我刚才想请麻子小姐站在这里,我从远处看看呢。"

"啊?"

麻子脸红了,想藏到夏二身后。

夏二又说:"真的,我是这么想的。"

"为什么？真羞人。"

"以后想起来，要是只有石头的话，就太无聊了。"

"不过，这可不是普通的石头啊。"

"是啊，是啊。刚才我们也讲到了桥。说的是我死去的哥哥和麻子小姐的姐姐之间的桥。"

"嗯。"

"那是在心里无形的桥。这可是三百年前就存在的，纹丝不动的石桥，是美之桥。人和人心之间要是也能架上这种桥的话……"

"石桥？心里架上石桥的话，有点讨厌。要是像彩虹一样的桥就好了。"

"嗯，心中的桥也许是彩虹桥。"

"不过，这座石桥可能也是心里的桥吧。"

"是啊。为了创造美建起来的桥，是艺术的表现。"

"嗯。而且，据说桂宫智仁亲王几乎每天都读《源氏物语》，这个离宫也是憧憬着《源氏物语》造出来的。松琴亭旁边就是模仿明石海岸……"

"不过不太像明石的海岸，这儿全是凹凸不平的奇岩怪石。"

"介绍书里是这么写的。还有，智仁亲王的王妃生于丹后，所

——银之乳——

以建了她家乡的天桥立[1]。"

夏二一边打量着天桥立，一边走过石桥，走到松琴亭深深的檐下，从二之间[2]上去，坐在那里，远眺着刚才经过的石桥旁边的点景石。

两人走进左边的茶室，又在那里坐了一会儿。

然后他们从茶室穿过二之间，来到了一之间。

从壁龛到二之间的隔断纸门，是淡蓝色和白色大块方格相间的花纹，上面贴着加贺奉书纸。一之间暗淡的和室因大胆奇拔的装饰而名声在外。狭窄的连廊伸向挑檐下，有炉灶，有茶具柜。两人静静地坐着。

水池从松琴亭的右边环绕到左边。

但是，坐在一之间里看，右边和左边的池景大相径庭。

水房右手边，能看到从石桥那边延伸过来的点景石，比起水景，奇峻的石头更引人注目。左手边能看见萤谷的池塘，平静的池水深不见底，看不到石头，因此更觉水面宽广。

这么看来，庭院一角摆上刺激神经的点景石，也是为了整体的布局。夏二想，不过仍然不甚了了。

"总觉得坐在这里，有一种不可思议的感觉。"

麻子仿佛要避开夏二的眼睛，望向池塘。

---

[1] 京都府宫津湾西岸江口突出的沙嘴，日本三景之一。
[2] 贵族宅邸中，与一之间相邻的房间。

高高的杉树两边分别是旧书院和月波楼。

杉树枝头枯了。不过,在月波楼前面的篱笆上,已经绽出了新芽。

二

回到东京,麻子对桂离宫的印象反而更加鲜明了。也许是因为她和父亲聊了聊桂宫家的故事,父亲又指点了她怎么欣赏桂离宫。她从父亲的书架上抽出桂离宫的照片和参考书,堆在自己桌子上。

这些书,麻子都读完了。

麻子就是这样的性格。比如,去了法隆寺之后,麻子只要看到研究法隆寺的书就会去读。在音乐和其他事情上也是这样,听了莫扎特的演奏,回来就会查关于莫扎特的各种信息。

"应该之前就查啊,过后再查,也没什么用了。要是麻子嫁人,怕是也要嫁过去才调查对方呢。"百子嘲笑她说。

不过,如果在其他什么地方吃到了很少吃到的菜,有一天家里的饭桌上忽然出现了相似的菜,还做得很不错,也许就是受惠于麻子的这种性格。父亲很赞赏她这一点。

麻子去搜集桂离宫的信息,是她的一贯作风。

不过,百子仍向她投去疑问的目光。

麻子给姐姐看新书院一之间的照片,说:"我在这上面的小错层里也坐了一会儿。"

百子说:"是吗?夏二也……"

麻子没有注意到姐姐的嘲笑。

"夏二没有坐。我也只是把腿伸进书院窗板下面,坐着欣赏了一会儿旁边的庭院。"

一之间的九个铺席中,三铺席加了装饰横条,高出一截,成为小错层。错层上的方格天花板低垂,里面的壁龛里,是著名的桂架[1]。

"小错层看上去拉长了房间。"麻子说。

麻子坐在书桌边上,一块桑木板低低横着,权作书桌。桌面下边的小窗可以取下来,据说是为了在夏天给腿部通风。

麻子坐在书桌前看书时,打开了纸窗,夏二帮她把外面走廊的纸门也打开了。

庭院树木的嫩芽映满窗户。不过,庭院里树木稀稀疏疏,离窗户有些距离。

"想想麻子坐在书院窗边,再看看这张照片,有一种不可思议的心情,对吧?"麻子对姐姐说。

"是啊。"百子若有所思地随口答道。

---

1 与修学院离宫的霞架、醍醐寺三宝院的醍醐架并称天下三名架。

"麻子没拍照片?"

"那是当然了。你说什么呢?"

麻子笑了。

"要是姐姐也在就好了。"

百子反常地坐在缝纫机前。

麻子站起来,看着缝纫机面板上放的照片说:"在桂离宫,我和夏二也说起了姐姐的事……"

"是吗?"百子冷淡地说,"可以想象得到。虽说我觉得有点讨厌……"

"我们可没说什么讨厌的话题,也没说姐姐的坏话。"

"讨厌就是讨厌。麻子就装作为姐姐着想的好妹妹,说了一堆好话,对吧?"

"哎呀,真刻薄。"

"夏二肯定又说了些怀念哥哥的话,对吧?"

"是啊。"

"虽说我管不着你们,但你们要是以为自己了解真实情况,那就大错特错了。"

"我可没有自以为了解姐姐,自说自话。"

"是吗?那可真滑稽。"

百子继续使劲踩着缝纫机。在缝棉服的抬肩时,把衣角翻过来盖在桂离宫的照片上。

"和夏二谈到我的时候,请像谈这世上其他人的流言蜚语一样,以平常心对待。不要说什么同情啊、理解啊之类的话。"

麻子沉默地看着姐姐在接缝处舞动的手。

"你们以为理解我,其实不过是你们的想象罢了。"

百子用颤抖的指尖,紧紧抓住布。

"你们说了些什么,也只是我的想象。不过,麻子跟我谈起爸爸的事,也永远是用为爸爸着想的口气……"

"姐姐!"

"干什么啊?就算麻子要哭我也要说……那是麻子的温柔之处,很好。但是,女人常常会陶醉于自己的温柔之中——那只是对你自己的温柔。看起来好像是麻子一直在安慰爸爸和我,在拯救爸爸和我……"

"拯救?怎么能这么说……我从来没有这么想过。"

"爸爸就是被麻子拯救的,爸爸很诚实……爸爸对女儿诚实,说起来也好笑……"

"是啊。"

"我在钻牛角尖了。爸爸是很诚实。所以不管把麻子嫁给谁,都会觉得那个男人太脏。"

麻子吃了一惊。

"这样的爸爸,反而把女儿带偏了。父女两人都沉浸在柔情之中,这样好吗?现在连麻子都知道了,女人越是温柔越是痛苦、悲伤吧?"

百子暂时停下缝纫机。

"你以为我是出于嫉妒才这么说的?"

麻子在百子头顶上方摇摇头。

百子又踩起缝纫机来。

"我确实很嫉妒。在桂离宫,虽然不知道麻子是怎么跟夏二谈起我的。我最近常想,与其让启太死在那场战争里,不如我先把他杀掉更好。"

麻子以为这是对启太爱的宣言,然而百子故意反着说。

"我现在一点也不爱启太,我恨他。"

麻子并没有反驳。

"我的妈妈也想过,既然自己要死,不如把爸爸也杀了。因为结不了婚,所以才自杀——没有这样的事。杀掉对方不就行了。麻子你也学着点儿。"

"怎么了?姐姐。"

"但是,这样会发生奇怪的事。如果我妈妈杀了爸爸,麻子就不会出现在这个世界上了,对吧?如果妈妈和爸爸结了婚,还是没有麻子。这么一想,就不可思议了。"

麻子有点毛骨悚然。

要是百子的母亲没有自杀，父亲没有跟麻子的母亲结婚，就不会有麻子。为什么姐姐会说出这种话呢？麻子有点害怕。

难道是姐姐长久以来在心底绷着的憎恨和诅咒的毒箭，终于忍不住释放出来了？

麻子不知道是被打倒，还是被推落了，浑身变得冰冷。

麻子不过是说跟姐姐恋人的弟弟谈到了她，为什么她会这么生气呢？麻子想不明白。

麻子离开百子身边，坐在自己的床上。

二楼十铺席左右的西式房间里，放了姐妹二人的床，还有镜台和缝纫机。

"麻子，睡觉吧。嫌我太啰唆了吧？"百子说，"我还要再缝一个袖子。"

麻子一只手撑在床上，一动不动的。

"下个星期天要叫夏二来玩，对吧？在京都多蒙青木先生照顾……不过到时我不会留在家里。真讨厌。我没脸见夏二。去拜访青木先生家的时候，听到爸爸对青木先生讲起了京都妹妹的事……他对我们可是什么都没说，麻子也没听说过吧？"

不等麻子回答，百子继续踩着缝纫机说："一听到这些，我就很后悔去了京都。虽说是父女三人一起去的，却都各自为营。三个人走在一起,心却不在一处。虽说麻子为爸爸和我,还有京都的妹妹,想了很多,但爸爸却瞒着麻子把这些事都告诉了朋友。我也不想在家里看到夏二。说这种话,我倒像是偏心爸爸,我其实只是感到嫉妒。我先有的是嫉妒,就算怀疑自己的爱,也不会怀疑自己的嫉妒。"

听了百子的话,麻子感到一阵刺痛,同时又仿佛看到了什么。

她静静地换好睡衣,躺了下来。闭上眼睛,姐姐恶毒的话一直在脑海里回响,她却哭不出来。

"睡吧。"

想安慰父亲和姐姐,想拯救父亲和姐姐,姐姐却语带讽刺,麻子试着分辨自己的情绪。

缝完了垫肩,百子来到麻子的床边,站了一会儿。如果她开口说话,麻子一定会睁开眼睛。但百子只是沉默。

百子走下楼,取来一瓶父亲的洋酒,又从自己的衣柜里拿出银杯,倒了酒。

百子刚准备喝,又忽然想起了什么,拉灭了电灯。

房间一下子变暗了。麻子的眼泪涌出来,忍不住哭出声来。

"麻子,你还醒着吗?"百子轻轻地问。

"所以,麻子最讨厌了。"

"姐姐,你为什么要这样欺负麻子?"

"嫉妒吧。肯定是这样……"

百子在黑暗中喝酒。

"喝点酒，就当安眠药了。"

三

如百子所言，夏二来的当天，她带着竹宫少年躲去了箱根。他们从东京坐着观光巴士，一直到箱根的深山里。

百子闭上眼睛，出了横滨，夏日麦田的气息似乎从窗户飘了进来。

"是东海道的松树大道？"少年问。

还是上午，日光斜斜地照进巴士，松影在少年的脸颊上游移。

百子睁开眼睛，说："别再用那种女孩子的口气说话。"

"姐姐曾经说我的声音像女孩子，不是还叫我用女孩的声音唱歌吗？你还和我一起唱了呢。"

"是啊，在芦之湖，下雪那天……"

"下着大雪。"

"下雪之前，我们还去湖面上玩了。"

"我很喜欢那样。回来的时候，大雪封山，巴士寸步难行，成了一段美好的回忆。"

少年拉过百子的一只手，放在自己的膝盖上，手指抚摩着百子的手心。

"真冷啊。姐姐的手冬天温暖，夏天凉爽，真好。"

不光是手吧，少年在回想其他地方肌肤的触感。百子想。

"是吗？"

"女人都是这样吗？"

少年坐在窗边。

松树的粗大树干，掠过巴士窗户。

因为不是周末，所以巴士很空。

经过马入川时，只见火车的铁桥周围，有一群乌鸦在鸣叫。

过了汤本，进了箱根的山里，百子从手提包里拿出金项链戴在脖子上，项链碰到了微微凸起的锁骨。

百子并不开口说话，竹宫跟她说话，她也只是漫不经心地回答。

他们在箱根下了巴士，走进了旁边的酒店。

他们本来是准备在这里住宿的，不过百子没有要房间，只是进了大厅后到窗边落座。

"怎么办？过了湖，再往前走？"

"姐姐怎么说就怎么办……姐姐，巴士坐累了吧？"

"正因为累了，所以还想往前走。准备住的酒店却在施工，真讨厌。"

面向湖水的庭院里已经开始扩建了。土地被挖得很深，打起了地基。想到明天早晨要被钢筋混凝土的工程噪声吵醒，百子反而产生了一阵快感。

不过，他们还是决定坐下午两点的船往湖尻那边去。现在还有时间，可以在酒店吃午饭。

游览船上有从箱根上船的客人，甲板上的椅子大半都坐满了。

竹宫说，右手边能看见山上那间旅馆。

"那个旅馆现在有新绿点缀，应该很好看吧。"

"新绿我在京都看过了。东山上的米槠新叶茂盛，花也开了。"

"我没仔细欣赏东山，光顾着看姐姐了。"

"真会说谎。米槠和栗树的花香，还是你告诉我的。"

"现在，我也没有心情好好看芦之湖。"

湖上小小的波纹闪闪发光，大概是因为船朝着午后太阳的方向行驶，以船为界，船后面波光粼粼，船前面是深蓝色的。闪烁的波纹向远远的南岸边扩散，如同太阳照射下游移的幻影。

只有前方富士山那边，今天还萦绕着白云。

船上的游客都坐上了从湖尻去早云山的巴士。好不容易坐下来的百子，也因为站着的人挤压过来，只能高高抬着头。

在高处大涌谷火山口那里，巴士转了一圈停下来，百子回头看了看湖水。巴士奔驰起来几乎触到了深林的枝叶。竹宫的手伸出窗户，去拔林间高个儿的草花。

他们在早云山坐上缆车,在强罗下了车。

少年把草花带到了强罗旅馆的房间里,放在桌上。

"姐姐。"

他抓住百子的项链,用力拉住。

"好疼!会疼的。"

"你忘了吧?"

百子准备摘掉项链。

"戴着吧……我不会再拉了。很漂亮。"

"是吗?那就如小宫所愿……"

虽说如此,看着被金项链迷惑的少年,百子有点伤心。但是,百子还是戴着金项链去泡了温泉,然后睡在枕上。

少年衔住项链晃动。

"成了小宫的好玩具啊。"

百子这么一说,少年衔着项链,捂住脸哭出来了。

百子很尴尬,说:"别演戏了……脏脏的。"

"姐姐会甩了我吧?"

"又来了,什么甩不甩的……叫分手不好吗?!"

"一回事啊。我没有虚荣心。"

"是吗?但是,小宫生病了,现在分手的话你太可怜了。"

"啊,生病了,脏脏的。我要杀了你。"

"可以啊,来吧。"

百子感到了少年的嘴唇在自己胸前,让她想起了那个银碗。

启太的父亲把银碗送给了她。她拿来试了很多次,但乳房已经装不进去了。

耳之后

一

百子睁开眼睛，发现竹宫少年并不在身边的床上。

不过，百子并没有清醒，就像在梦中睁开眼睛，又进入了梦乡。

"啊，他不在啊。"

她感觉自己这么嘟囔了一句，但没有说出声来。这句话只是漂浮在脑海中。

脑子都麻痹了。

脑子麻痹的时候很舒服。百子准备再次沉入睡眠，忽然想起来，半夜也醒过一次。

"啊，难道小宫想杀了我？"

百子清醒地睁开了眼。她的手伸向自己的脖颈，金项链没有了。

"是小宫拿走了。"

百子放下心来。

半夜醒来的时候，少年到底在不在身边，百子并没有确认。

当时听到庭院里有小鸟的叫声，百子感觉是半夜，不过应该是快天亮了的时候，比起现在醒来时更分不清是梦境还是现实。就像是在假死的途中生还，又陷入了假死状态。

说到假死，昨晚百子睡得死沉。

在她睡着之前，少年从后面拉住她的脖子叫道："姐姐，姐姐。"

"疼，好疼。"

"姐姐不肯转过头来，我讨厌这样。"

"不是挺好嘛。"

"我很伤心。"

"小宫，你真的伤心吗？"

"我是认真的。从后面看着姐姐，我总是很不安。"

"我喜欢从后面看着小宫的头颈。"

"真是怪趣味。"

少年温柔地将胳膊绕上百子的脖颈。

"为什么姐姐这么喜欢从后面抱呢？"

百子经常从身后抱住少年，少年也经常从身后抱住百子。

她对竹宫之前的那位西田少年也是这样。对其他的少年，也如出一辙。

某次绾起后面的头发，被麻子看到时，百子不由得害臊了，也是因为想到了别人吻过自己的后脖颈。

现在，竹宫忽然问到这个问题，让百子不禁有几分狼狈。

"不用脸对脸，这样感觉更温暖。"百子随便找了个借口。

"温暖？说谎。我在姐姐眼睛里的时候，看到小小的我，更温暖。你对我问心有愧。"

"我确实做了对不住小宫的事情。"

"又在敷衍我。你不爱我。"

"又来了……爱不爱的，可不是这么轻易说得清楚的事情。不爱我啦、被甩啦，小宫随随便便就说出口，这样的话，一辈子都会缺爱哦。"

"姐姐又想蒙混过关。背对着我，在想着别的事。"

百子在枕上摇摇头。项链滑上来，一直碰到了下巴。

不过，被竹宫少年这么一说，百子不禁兴致索然。

她沉默了一会儿，然后说："小宫。看看我的耳后。耳后和发际线之间，伸向脖子的那条线……年纪藏不住了。"

"我正在看。"少年直率地回答，"看起来很清爽。看着姐姐的耳后，我就明白了姐姐的心——又柔软，又清澈，纯白无垢。"

"真会说话。如果真如小宫所言，我听信了小宫的甜言蜜语，以后可就不好收场了。"

百子还在说话，少年的唇已经吻上了她的耳后。

百子猛地一缩肩头。

"刚才啊，我在泡澡的时候发现，姐姐肩头的曲线，从脖子到手腕的线条才是温柔细腻，描出一个半开的弓形，真是难以言喻。在收梢的地方，手腕那里，丰腴圆满。真妙啊，我当时想。"

少年说着，另一只手温柔地握住百子的手腕。

"你真会说话。"百子低声道。

少年手上用力，然后又松开，手掌落到百子的胸前。

"我一直在追着姐姐的背影，这让我感到很不安。"

百子对他那女子一般的告白，再次感到厌烦。

当初，正因为少年女子般的腔调，百子才想诱惑竹宫，竹宫轻易就上了钩。但是，对他的这种腔调，百子马上就腻烦了。

一开始，百子以为是因为他出身好，从小备受溺爱，因此才虚张声势，装作早熟。

面对少年，百子甚至感到一种男性化的优越感。竹宫就是年长女人的玩具——对他冷酷点，跟他玩玩是不错的。

百子甚至有种错觉，认为自己对竹宫少年的爱，是一种爱上年轻少女的同性之爱。

但是不久，百子就发现，竹宫那种女孩一样的腔调，是少年自己身上同性爱的残影。她想起来，之前的西田少年，也有同性爱的倾向。

对于竹宫少年，她并非把他当作男人一样去爱，而是落入了同性爱的一种变形。

"病态，脏脏的。"

百子嘲笑自己。她也用这些话嘲笑过这个少年。

不过，百子觉得，悲惨地被留在原地的是自己。

少年虽然像女人一样缠着自己，不过，从百子身上，他了解了女人，从同性爱中挣脱了出来。

少年的身体也如同少女一般滑嫩，但骨架和肌肉都渐渐不一样了，他正在变成一个男人。

百子也渐渐不一样了。

当日启太做的那只银碗，已经装不下她的乳房了。百子拿着银碗比画时，才惊觉自己的乳房变大了。

但是，百子已经变成一个女人了吗？

对于正常的男女之爱，百子的恐惧和抗拒还没有拭去。她只是让这些少年进入一个冰冷的自己。

竹宫少年很敏感，已经察觉到了百子的异常。因此才会焦躁不安，伤心不已。

但是，百子的自尊心不允许少年知道女人身体的秘密。在这个少年变成男人之前，还是必须跟他分手啊。这次来箱根，百子就是准备结束这段关系的。

"姐姐，又在神游远方了？"

竹宫在百子的耳后窃窃私语。

"真是个啰唆的少年。"

"在来的巴士上,姐姐就不怎么说话。"

"没什么好说的。"

"要是没什么好说的,那就看着我。"

"我在看你。"

"骗人。"

"看着小宫,我就难受。"

"那是因为你准备甩掉我。"

也许是这个原因——百子在想夏二今天来家里的事。为什么自己一定要躲开夏二,从家里逃出来呢?为什么受不了留在家里呢?

虽说百子已经从家里逃出来了,但在巴士上、在船上,她还是感觉坐立不安。

启太的父亲、启太的弟弟夏二都和启太很像。跟夏二见面,与其说是痛苦,不如说是委屈自己,百子是这样想的。

还有,如果说妹妹麻子爱上了夏二,百子不想妨碍他们,又显得自己太善良了。

百子自己也说不清楚。

总之,她和竹宫少年一起来了箱根,现在却感到如此空虚,大概是因为夏二到自己家来这件事在自己脑海中挥之不去。

"小宫。"百子叫道,"小宫有没有试过一边跟自己的悲哀对抗,一边活下去？"

"悲哀？"

"跟我这么下去，不也是一种悲哀吗？"

"骗人，骗人。"

少年痛苦地挣扎着。

"姐姐，是你把我推进了悲哀。你要甩了我。肯定是这样。"

"既然你什么都明白，那就分手吧。"百子编着借口，"你母亲给我写了一封信，让我放手，让小宫变回一个好学生。"

"什么啊。"少年扫兴般地说道，"真是的，竟然拿我家里人做借口。姐姐什么时候变成大骗子了？"

"我都忘了，小宫也有自己的父亲和母亲，真对不起。"

"姐姐说这种言不由衷的谎话就是想把我甩掉，我不要。不爱我就直说好了。姐姐根本没有爱过任何人。"

"爱过啊。"

"爱你自己吧。"

"不是，是死去的人……"

百子想着死去的启太。

"死去的妈妈……"

"妈妈？之前在芦之湖下雪那天，你不是说爱爸爸吗？"

"是吗？一样啊。妈妈是爱着爸爸死去的。"

少年把脸抵在百子的后脖颈上。

百子的耳后，有少年流下的眼泪。泪珠似乎要沁进百子的头里。

"我爱姐姐，所以想要杀死姐姐。我好想说出来。"少年的声音在颤抖。

"来吧。"百子低声道，"没关系。"

"要是被姐姐抛弃，我会变成坏人。我要抛弃很多女人。不过，我要比姐姐做得高明。"

百子吃了一惊。

"是吗？小宫很擅长……"她冷冷地说。

"讨厌，讨厌，我不要。姐姐，救救我。姐姐不了解我。"

少年出乎意料地狠狠摇晃着百子。

"我不会被你甩掉的。就算姐姐变成恶魔也甩不掉我。"

少年用胳膊环住百子的脖子，使劲往后拉，然后摇晃着。

"这样你还要甩掉我？姐姐，这样你还要甩掉我？"

百子的头晕乎乎的，少年疯狂的叫声在耳边回响。

百子脸朝下瘫倒在床上，被少年扼住喘不过气来。痛楚之间，身体在微微痉挛，似乎马上就要魂飞天外。

少年忽然放开胳膊。

百子喘了一大口气，失去了知觉。

黑暗中，感受到少年的手，百子屏住呼吸，装作假死。她不知道自己为什么要这样做，只是全身麻木，脑中空白一片，就像沉入了睡眠。

百子早上起来，去泡温泉时脚底仍发虚。

百子洗着脖子，对于竹宫少年拿走金项链的事竟然感到庆幸。

她没想到的是，他会想杀死自己。她也没有反抗，更没有感到恐惧，只是麻木地睡去，连她自己都不敢相信发生的一切。

二

自从和竹宫少年一起去了箱根，百子就讨厌外出，一直闭门在家。大多数时候，她坐在缝纫机前，包揽了麻子的所有夏衣。她甚至在旧衣上花心思，将它们改成新的样式。

麻子也喜欢做针线活儿，说："姐姐真好，还给我改衣服，真不好意思。"

"我就是心血来潮，就由着我吧。样式不喜欢的话，不穿也可以。虽说麻子很讲情义，就算不喜欢也会穿……"

百子并不是要故意讽刺。

"姐姐都做了，麻子就没有事情可做了，反而浑身不舒服。"

"是嘛，麻子……"

"麻子除了洗衣服，就没有事好做了。"

"那就好好洗衣服吧。"

"嗯。"

百子笑着，扭过头来。"真讨厌，别这么放在心上。"

"哎呀。"

"连对爸爸，麻子都太过小心，总是忧心忡忡的，我都看在眼里呢。也许是我想多了，但并非如此。你这么做，反而纵容了爸爸。麻子自己没有发现吧？"

"没有过度小心。"

"是啊。一说出口，我就觉得我的话太重了。但是，麻子真像你妈妈……妈妈对爸爸应该也有过度保护的倾向吧……"百子平静地说。

但是麻子的胸口被刺痛了。

这是陌生人的眼光，是继女的眼光，麻子想。

"麻子有没有在爸爸身边耗尽心血织出一张细细的网？我看见一张漂亮的蜘蛛网，在春日阳光下闪着银光，迎着微风轻轻晃动。"

"我自己也不知道。"麻子呆呆地回答。

不过，她问自己：我是在跟姐姐争夺父亲的爱吗？

最近，麻子和姐姐谈到父亲的事情，心里总是先会升起一股恐惧感。

百子也总是想起在箱根强罗的旅馆里看到的一对姐妹的身影。

竹宫少年是不是回了东京，还是彷徨失措最后又回来了，他是怎么离开旅馆的，百子很想问问女佣，但又说不出口。

她不看前来伺候的女佣的脸，眼睛看着庭院，一个人的早饭堵在喉咙里难以下咽。

这家旅馆本来是藤岛财阀的别墅，客房只有七八间，庭院却有五六千坪。庭院保持着天然森林的面貌，向山谷倾斜下去。树木茂盛，园丁的精心打理让人不易察觉。

百子的房间前面，有一棵巨大的栗树。

那边传来女人的声音。看过去，只见一个姐姐，在叫先下到庭院里的妹妹。

"她们是姐妹啊，长得真像。"百子对女佣说。

"长得简直一模一样，真是不可思议。"

"是啊。两个人还带着差不多大的两个宝宝。"

"真的呀。丈夫也来了吗？"

"是的，母亲也来了。"

"母亲也长得像吗？"

姐妹两人从百子的房间前面走过，沿着庭院的路往下走。她们的眼睑线条不算柔和，大大的眼睛、白皙的脸颊，相当美艳。发际线黑黑的，脸庞明丽。

姐姐也比百子要小四岁吧。

两个人都背着吃奶的孩子，看起来是差不多时间出生的，还不满一岁吧。

母亲穿着旅馆的浴衣，婴儿也穿着同色的红色衣服。应该是外祖母给两个孩子穿的吧，百子想。

庭院小路的两侧种满了杜鹃，花期已经过了。两姐妹身处于一片绿意盎然中，前面仍是成片的深深绿意。

从远处看，让人怀疑她们是双生子。

背着婴儿，沉浮于绿叶之中，看上去一模一样的姐妹俩的身影，百子忽然觉得好像看到了神描绘的图画。

但是，姐妹俩掉过头来走的时候，露出了她们的粗短脖子，粗脖子上厚厚的肥肉，看起来十分俗气。因为背了孩子，背上的肉也暴露了出来。

"哎。"

百子嘲笑自己。

姐妹长相酷似，又都背着婴儿，百子由此感到了神圣的幸福，也许是在失去了竹宫少年的虚弱心境中，才投下了这样的影子。

自己和妹妹麻子长得不像，也许是神自有主张，也许是人的胜利，后来百子这么想。

自那次以后，竹宫少年不时打来电话。但是，百子从不接电话。

他还来家里找过她。女佣说百子不想见客，他也不肯回去。

"我去见他吧。"麻子说。

"麻子又要多管闲事了,你就跟他说,姐姐死了。"

"啊?"

"这么说他就明白了。"

过了一个小时左右,麻子一脸不安地来到二楼。

"姐姐,我以为只有竹宫一个人,一个叫西田的男孩也一起来了。"

"是吗?真是孩子气。"

"还有两个人,一共四个人。"

"是吗?"

"他们不听劝,说是同情小宫,四个人准备一起去死,让姐姐出去见个面。"

"你应该谢谢他们,就说这正是姐姐心中所愿……"

"姐姐不能出去,太危险了。"

"都是乖孩子。"

百子皱起眉头。"等过个十年再看吧。受伤的只能是身为女人的我……"

麻子静静地看着姐姐。

"都说时间会解决一切问题。时间那东西,只会为男人流动。有句葡萄牙的诗说,为治愈爱情的重伤,用尽了一切办法,此时始知爱之深。麻子也要当心。"

麻子走到窗边,往路上看去,少年们已经不在了。

百子说:"麻子,你都晒黑了。"

"嗯,去打网球的时候……"

"真的黑了。"

"不过,我喜欢夏天。"

"在网球俱乐部,你一直和夏二在一起吧?"

"不是。"

麻子离开窗边之前,百子已经坐在了缝纫机前。

那之后十天左右,麻子因为急性肋膜炎住进了医院。

夏二却来家里拜访。

麻子生病的事,难道还没有通知夏二吗?百子想。

为什么没有通知夏二呢?不知为何,百子有点可怜妹妹。

"爸爸派我去博物馆办事。一会儿就能办完,你能跟我一起吗?妹妹不在家。"百子说道。

夏二点了点头。

"我暑假要回京都,所以先来拜访您。父亲有话要捎给百子小姐。他想请您同去,让我回家的时候带您一起回去。"

"是吗?多谢!"

百子出了博物馆,夏二躺在樱花树荫下的草地上等着她。

两人往广小路方向走出上野公园，百子说："夏二，是在夏天出生的吗？"

"是的。名字没撒谎，我是在八月出生的。但很怕热。"

"京都很热啊。"

"嗯。不过，我最喜欢夏天。"

百子忍住笑，装作若无其事地问："因为打网球晒黑了？"

"是啊。黑了好多。"

他的哥哥启太也在军队里晒得黑黑的。百子想起来了。那是夏天男子的味道，是启太的味道。

百子悄悄跟夏二拉开距离。

一直闷在家里的百子，在灼热的烈日下疲惫不已。

虹之绘

一

麻子出院时已经是秋天了。

每天，麻子都在看病房墙上那张有彩虹的画，那是米勒的《春》的复制品。

麻子能去病房走廊上接电话后，她拜托父亲说："我想看看画。下次您来的时候，麻烦把藤岛武二的画集带来。"

"啊，藤岛的大画集……不过，那个太重了，你躺着看不了。"

"是。不过，那里面有一张彩虹的画。"

"彩虹的画？"

"对，有一张画，上面画着挂在湖水上面的彩虹。"

"是嘛。不过，彩虹的画，我有一幅米勒的彩虹画的复制品，麻子不记得了吧？"

"米勒的画？不记得了呢！"

"我不知道我把它放在哪里了，等找到了就和藤岛的画集一起拿来。"父亲在电话里说。

藤岛武二的画集里那幅彩虹的画，题目叫《静》，大正五年，在文部省展览会上展出过。当然，那是麻子出生之前的画。

米勒的《春》或是叫作《虹》，在一八六八年的沙龙上面世，已经是八十多年前的事了，那是麻子的父亲出生之前的画。

米勒在画这幅画的前一年，在万国博览会上展出了九件过去的作品，获得了一等奖，还获得了政府颁发的勋章。经过长期的艰苦摸索，终于在他五十五岁那年迎来了光荣与胜利。

但是，据说这幅《春》还没完成，米勒就拿去沙龙展览，最终完成时间是在六年后的一八七四年。完成的第二年，米勒就去世了。所以，这幅画被称作米勒最后的名作。

"这幅米勒的画，麻子没有印象吧。"父亲来医院的时候，又问了一遍。

"不记得。"

"哦……"父亲似乎有些怀疑，"麻子当时还很小啊。麻子长大后，这幅画好像就再也没有拿出来过了。"

"我从来没见过。"

"难怪啊。也许是这样。这是爸爸去西洋的时候作为伴手礼买回来的好多名画复制品中的一幅。还有其他各种各样的都送人了，这幅画你妈妈说喜欢，就留在家里了。"

"妈妈很喜欢？"

"对。你妈妈还给这幅画裱了画框,挂在房间里。"

麻子坐在床上,说:"麻子也喜欢这幅画……"

她仔细看着这幅复制画,用袖子擦拭画框里嵌的玻璃。

"角落里挂着一截彩虹。"

"是啊。"

"那是苹果花。"

冬去春来的田野上,绿草如茵,三四棵苹果树点缀着白色的花朵。对面山丘上的森林也新绿一片。土是润湿的红色,黑色的云上挂着一弯大大的彩虹。彩虹从画面的左上方拔起,伸向画面之外,仿佛在祝福万物初生的春天。

百子来探病的时候,这幅米勒的《春》就挂在病房的墙上。百子背对着墙壁坐着,没有看见。

"姐姐,我叫爸爸把这幅画拿过来了。"

麻子提醒,她才转过头去。

"哎呀。"

为了看得真切,百子身子向后倾,手撑在麻子床上。

"啊?这幅画怎么到这里来了?"

"姐姐还记得这幅画吗?"

"记得。"

"是吗?麻子不记得了。爸爸问我还记不记得,我怎么也想不起来。"

"也许吧。"

"爸爸还说妈妈喜欢这幅画……"

"是啊。这幅画曾经就挂在妈妈的房间里。"

"是吗？姐姐，你还记得？"

"记得啊。很难忘记。我从乡下被带到爸爸这里的时候，这幅画就挂在妈妈房间里。"

麻子暗自一惊。

"我印象很深。"百子说。

"爸爸是因为麻子病了，想起了妈妈，才把这幅画拿来的吧。想让妈妈守护着麻子。"

"不是吧。我记得藤岛武二有一幅挂在湖水上的彩虹的画，想看那个画集，才拜托爸爸的。后来，爸爸说，有一张米勒的彩虹画的复制品……"

麻子拿出藤岛武二的画集给百子看。

"我想起了琵琶湖的彩虹，很想看看这幅叫作《静》的画。"

"是吗？"

"米勒的这幅复制品，爸爸说是去西洋后带回来的礼物……"

"是吗？把我接回来，也是爸爸去西洋后带回来的礼物哦。"

百子忽然犹豫了，接着又若无其事地说，"爸爸去遥远的外国旅行的时候，应该也会想起我的妈妈和我吧。也许写信跟麻子的妈妈商量过这件事。麻子的妈妈在嫁过来之前也是知道有我这个孩子的。但是，我妈妈没能跟爸爸结婚，就死了。当时我在乡下妈妈的娘家……已经是过去的事了，爸爸可以把我弃之不理。远在异国他乡，爸爸的心也变软了。麻子的妈妈也因为爸爸远在天边，变得心软了吧。"

说这些话的时候，百子提到了"我的妈妈"和"麻子的妈妈"。

麻子听在耳里，很不舒服。虽说现在已经不必计较，但想到自己记忆里没有的年轻时候的父亲，在海外之旅中，哀切地想起并非自己母亲的女人，还有那个女人的孩子，麻子依然感到难以接受。

"所以，我能成为麻子的姐姐，就像爸爸去了西洋带回来的礼物一样。被带到爸爸家里那天，我就看到了米勒的这幅画。"百子再次重复道。

麻子看着墙上的画，说："我一点也不记得了。"

"当时麻子还被妈妈抱在膝上呢。那是我第一次见到你。你好奇地看着我。'麻子，这是姐姐，姐姐来了，你很开心吧'，妈妈这么说。麻子有点害羞，转过半个身子，把手藏进了妈妈的怀里。应该是在摸妈妈的乳房吧。我当时好伤心，还很嫉妒。在乡下大家都说这个人会成为我的妈妈，到了才知道，她膝上已经有一个可爱的宝宝，还跟这个妈妈长得很像。当时我就想，这不是我妈妈。"

"你记得很清楚啊。"麻子低声说。

"是啊。我告诉麻子,我俩不是一个妈妈生的。那时你几岁?"

"六七岁的时候。"

"对,七岁的时候。那之前我好痛苦。妈妈自己亲生的女儿不知道实情,我身为继女却知道。反过来可以说是姐姐隐瞒起了实情,为了保护异母的妹妹……但不是这样的,我总是觉得偷了麻子的东西,一直都很不开心。我告诉你,我们不是一个妈妈生的,你就哭了。我也全身发抖。因为我全身发抖,麻子看到受了惊吓,反而不哭了。"

"那时候的事,姐姐记得很清楚啊。"

"后来想想,当时我为什么发抖,我还真是个要强的孩子,真讨厌。我当时暗地猜测,麻子应该也隐约知道一点。"

麻子摇摇头。

"我一边浑身发抖,一边嘱咐你,这件事不能告诉爸爸妈妈。"

"那是以前的事了。"

麻子躺下来,把毛毯一直拉到肩头。

"是啊,不说了。是看了这幅画后才想起来的。"

百子转过头来,又坐到画下面的椅子上。

"彩虹的画,广重[1]也画过。忘了是在哪里看到的了,大概是在

---

[1] 安藤广重,又名歌川广重(1797—1858),日本江户末期浮世绘画家,代表作品有《东海道五十三次》《近江八景》等。

画集里看到过。海上挂着一道细细的彩虹，应该是洲崎的风景吧。"

"彩虹的画有很多啊。"

"对，广重画的那幅叫《洲崎晴岚》，是江户八景之一。跟琵琶湖没有关系。下次我把广重的画集带来。"

"嗯。"

"洲崎的彩虹画，淡雅又空灵……"百子大概是为了转换话题才提起了广重的画。

但是，百子幼时的记忆，勾起了麻子幼年的回忆。异母姐妹的回忆完全不一样，是另一幅景象。

姐姐又抬头看了看墙上的画，说："米勒的画里，总有一种强韧的力量和巨大的喜悦。小小的我从乡下来，看了这幅西洋画，感觉自己进入了一种跟以前完全不一样的高级的华丽生活。要去爸爸家，小时候的我，心里应该也挂上了一道彩虹吧……"

百子应该是想说，那道彩虹消失了吧。

尽管如此，幼小的百子第一次看到这幅画时还记得，而被母亲抱在膝上的麻子，却一点都不记得；百子身为继女还记得记忆中的妈妈，亲生女儿麻子却不记得。

麻子多少觉得有点不合情理，感觉怪异。

在这样的情绪背后，仍然隐藏着对异母姐姐的敌意和嫉妒吧。

孩子总是一味以自我为中心，往往意外邪恶。被母亲抱在膝上，看着被从乡下带来的异母姐姐，当时幼小的麻子是什么样的感觉呢？三岁的孩子，有没有赤裸裸地表现出自己的轻蔑和憎恨呢？

麻子自己一点也想不起来，所以才觉得懊恼。

"麻子想看彩虹的画，也许是因为生病了，也许是因为婴儿时期见过妈妈喜欢的彩虹画。"百子说。

麻子仿佛被说中了心思，但她说："不是，因为我想起了琵琶湖冬天的彩虹。"

"冬天的彩虹不适合麻子，那比较适合我。麻子就像米勒画上的那样，看着春天的彩虹就行了。"

"麻子也不像姐姐你想的那样。"

"那是当然。大概是麻子小时候，我闯进来，改变了麻子的性格。我向麻子揭穿我们不是一个妈妈生的以后，麻子就不一样了——对我特别温柔。直到现在，麻子对别人都很体贴，好像太乖了。大概是这个原因造成的，我揭穿得太早了。"

"但是，妈妈结婚的年纪和姐姐的年纪对比一下，就算是孩子也都明白吧。"

"是啊。"

百子点点头，右手紧紧抓住左手手腕，悄悄低下头。

"不过，自从知道了小麻子的心意，我就在幼小的心里发誓，一辈子都不会背叛麻子。但是，还是不行。等我死了变成白骨以后，再向麻子道歉吧。"

"哎呀，姐姐。"

麻子微微凹陷的眼睑在跳动。

麻子患上肋膜炎，也是因为太爱为别人操心。由不得百子不这么想。

麻子被夏二邀请去打网球，忽然爱上了剧烈运动。想必她很开心，也很享受。但麻子之所以爱上运动，是因为夏二喜欢，这一点就算麻子本人没意识到，旁人也看得清清楚楚。

麻子没有告诉夏二自己病了，也是她的一种温柔体现。

百子觉得妹妹很可怜。

但是，百子见到夏二的时候，没有提妹妹病了的事，没有照顾妹妹的一片痴心。

夏二到家里是来看望妹妹的。明知这一点，百子还是跟他一起去了博物馆，在街上散步，一点没有提到麻子在住院的事。

夏二不好对着百子提起麻子。这一点让百子感到心痒难耐，有一点故意使坏，又有一点暗自高兴。

百子到医院看望麻子，也没有说出自己和夏二见面的事。夏二邀请她去京都家里的事，她也没说。

不过，麻子不在家，百子每天忙着料理父亲身边的琐事，还要指挥厨房做饭。

"麻子不在，爸爸有点萎靡不振。我可不喜欢看到他这样。一直以来，爸爸都是麻子在照顾，我一点也不知道他要什么。"

百子摇了摇头。

"就算是一碗汤，也跟麻子做出来的味道不一样。这种事真烦人。要我跟爸爸两个人住，真是难以忍受，总觉得自己低三下四的。"

虽然这么说，百子的心底还是有一股奇怪的火焰在摇曳。

继母生前，百子暗暗压抑着自己不去接近父亲，不能跟父亲太亲近。这种习惯，保持到了现在。

麻子的母亲喜欢的彩虹画现在挂在麻子的房间里，一瞬间，百子心头掠过一丝怀疑，难道是父亲瞒着自己拿来的？百子觉得自己实在不堪。

如果不是麻子在面前，她都忍不住要咬牙切齿地痛骂自己了。

二

两三天前发布了台风预警，虽然偏离目标拐去了海上，但从黎明开始就刮起了强风。

麻子以为是雨水敲打窗玻璃的声音，一看原来是银杏叶。

银杏叶刚刚开始泛黄，还没到落叶的时候就脱落了，也许是因为太过脆弱。

那棵银杏树，只比医院二楼的屋檐高一点。一夜之间，银杏叶仿佛全掉光了，露出了枝丫。

就在这个大清早，竹宫少年来到医院，这让麻子吃了一惊。

"哎呀，你怎么了？"

"可以进来吗？"少年站在门口问道。

"风大，关上门吧。"麻子说。

少年关上了门，却不走过来。

白色的门作背景，清晰地衬托出少年的脸庞。

"有什么事吗？你怎么知道我在这里？"

麻子心中一阵骚动。

"我问了你家女佣。"

"是吗？"

"我躲在你家围墙后面守着。女佣肯定会出来，等她出来的时候，我就吓唬她，逼她说出来的。"

"是吗……"

麻子已经可以起床了，穿着箭翎图案的平纹粗绸和服夹衣，坐在床上。她拉拢衣领，盖紧膝盖。

"女佣说，姐姐在京都，麻子小姐在医院……"

"姐姐在京都？"

麻子一不小心低声说漏了嘴，马上吞下话音。

女佣是在骗竹宫吧？

不过，父亲给夏二父亲设计的茶室好像完工了，听说被叫去庆祝茶室的落成了。之前，父亲半带安慰地说，如果到时麻子身体好了，就一起去。姐姐应该是先去了吧，麻子心想。

尽管如此，在这个暴风雨的清晨，竹宫来医院干什么呢？

麻子松松地系着一条兵儿带，这件事麻子也很介意。

"我也准备去京都。"少年说。

大概是顶着狂风来的，少年脸上血色鲜明，桃红色一直蔓延到耳根，就像在冬天一样。

他进来的时候，却只有嘴唇是红色的。

麻子定了定神，问："你是要去京都见姐姐吗？"

"是啊。"

"见到了准备怎么办？"

"见到了……我也不知道准备怎么办。不过，最坏的情况是，要么我杀死姐姐，要么我死。不会给旁人添麻烦。"

麻子感觉仿佛摸到了冰冷的蜥蜴。

"你来，就是为了对我说这些话吗？"

"不是。我很感激麻子小姐，所以来看望你。"

麻子觉得，他的声音听起来很不真实。

"之前去你家的时候，麻子小姐很和蔼，所以我们就老老实实地回去了。"

"是吗？不过，你们四个人一起来，真是有点卑鄙了，我挺生气的。我可没时间陪你们玩。"

"是吗？"

少年垂下眼睛。

"还有，我是来还姐姐的项链的，我想交给姐姐。"

少年从口袋里掏出金项链，走近病床，放在被子上。

"这是怎么回事？"

"我偷来的。拿着这东西挺可耻的。姐姐送我的东西被我全烧了。我要跟姐姐决一胜负。"

"胜负不是这么分出来的。你别再追在姐姐屁股后头了，好吗？过十年再说吧。十年以后，还想杀掉姐姐的话，就去吧。"

"我活不了那么长。"

麻子语带嘲讽地说："五年也好，三年也行……"

"麻子小姐觉得姐姐是个怎样的人？"

麻子一时回答不出来。

"我是来还项链的。再见了，祝你好运。而且，我也想见见麻子小姐。如果你情况不好我会很伤心的。请多保重……"

少年忽然转身走了，后脖颈已经被黑发盖住了。

少年苍白的脸、泛蓝的眼白，一直留在麻子脑海里。

她的手有些发冷。

风声渐渐小了，麻子试着睁开眼睛，浓重的黑云在天空卷起旋涡。

麻子给父亲打了个电话。

父亲说，四五天内就要去京都。

"姐姐也一起吗？"

"啊，我带百子一起去。要是麻子出院就能一起去了，不过还是当心点吧。回到家里也是一个人，还是待在医院里更好吧。"

"姐姐在家里吗？"

"风停下来，她就出去了。风真大，医院里怎么样？"

"嗯。"

竹宫少年来了医院，还说要去京都，这些事麻子都没敢告诉父亲。

父亲和百子乘坐特急列车鸽子号出发了。这是一辆新客车，二等座的搁脚处也可调高低三段，椅背可以向后四十五度调节，调到自己舒服的位置，列车乘务员在广播里说。

父亲马上把座位调到四十五度，舒展着身体。百子也想像父亲那样坐着，但忽然想起来，自己好像怀了竹宫少年的孩子，不能向后平躺。

虽说还看不出来，百子仍然小心翼翼不露出腹部。她怀疑自己怀了孕，是在出发去京都之前。

百子被窗外的景色吸引了目光。

农家的菊田里开满了红色的菊花。对面的铁丝网里，有成群的白色土鸡。柿子也在悄悄变红。昨天下了雨，三河路整齐的瓦屋顶今天是一片湿漉漉的黑色。浜名湖的沙滩上，浪头也涌动着秋色。

火车在附近停下。

"通知，通知，现在在等信号灯。"车内的扩音器里传来广播。

火车开起来，百子站起身来。

男洗手间在车厢前面，女洗手间在车厢后面，分得清清楚楚。

大概是因为怀孕了，百子之前一直在强忍着不舒服。

秋之叶

一

父亲带着百子先从银阁寺去了法然院,然后又回到了三条的旅馆。

"忘了谁说过,走在京都的街上,就像走在高原上,今天就是这样啊。"

父亲停下脚步,看看天空,今天正好是一个秋高气爽的日子。

出了银阁寺,走上山脚的小路,不久就看到了法然院的黑门。

没看到池塘里菖蒲的返季花,有名的山茶花也已经谢了。枫叶庭院里的白沙上,有水流的声音。寺院里种着好多棵山茶花,据说住持作了不少吟咏山茶花的俳句。

法然院附近的住莲山安乐寺里,有松虫、铃虫的五重塔。后鸟羽院的宠姬铃虫、松虫和法然上人的弟子安乐、住莲之间的故事,百子也听过。

因为那段情事,安乐、住莲两个僧人被斩首,他们的师父法然也被流放到土佐。

如今，寺院凋敝，湮没于荒草之中。

安乐寺的南边，是鹿谷的灵鉴寺。从灵鉴寺沿水渠往下到若王子，就看到了南禅寺。青木家就在南禅寺附近。

春天里，启太的父亲说："若王子水渠上的樱花，就算在京都，颜色也是上等佳品。"

百子和麻子都觉得若王子大枫树的新叶非常美，当时她们抬头凝望了好久。簇簇新叶之间透露出点点晴空，像极了日本式的枫叶花纹。

虽然很想看变红了的枫叶，但百子想着腹中的孩子，心情沉重，跟前往青木家的父亲分手，回到了旅馆。

春天住宿的时候没有见过这个女佣，脸生的女佣迎上来，自报家门说父亲以前是海军大佐。

"一辈子都是大佐，不知道什么时候是个尽头，父亲以前一直埋怨呢……"

"大佐也很了不起了。他是干什么的？"

"是潜水艇的司令官。战争结束后，就成了海军里的老人，没什么用了。父亲说好想再被拉出去，早点死在海里。"

"是啊。现在要是又打仗，把附近的沿海都封锁起来……但是，日本不行了。日本的潜水艇都沉没了吧？"

"是啊，怎么会这样呢？我已经忙得都没空去问这些事了。"

她是大佐的女儿啊，百子想道，她又说自己的丈夫也随军舰沉没，死在了海里。而且，她还有两个孩子。听说她大的孩子已经上小学二年级了，百子仔细盯着女佣看。

"啊，吓我一跳。长得好的人就是看起来年轻。好年轻啊，你看起来比我还小。"

"您说什么呢。小姐您才好看呢……"

女佣的眼睑有些发肿，不过还是个典型的长脸京都美人。

她是独生女，战死的丈夫是养子，母亲也去世了，原海军大佐也没法照顾孩子，做女佣也是兼职。

"因为是上门的兼职，穿的衣服也不够体面，要自己准备衣服，挺难的。收入也比住在这里的女佣少……我回家的时候差不多只有末班车了，也只有早上手忙脚乱中，才能看一看孩子的脸。中午的便当、晚上的小菜，我都必须在早上出门前一一准备好。大孩子是个女儿，说：'妈妈，最近菜好少。'我只能说：'忍忍吧，外公在战争里打了败仗。'"

"一个年轻女人在旅馆当女佣，还要养活一家四口，在这世道，想必不容易吧。"百子说。

"我常常想，要是只有一个孩子和我两个人，怎么都能熬过去。不过，要是只剩我一个人，就没力气干活儿了。"

"是吗？"百子含糊地应道。

她想到，如果自己怀了战死的启太的孩子，现在会是怎么样呢？

但现在不是启太的孩子，而是竹宫少年的孩子，生下以后，明年就要去工作了吧。

女佣说，她从今年六月开始来这里，没多久就在梅雨季里得了肺病，夏天休息了一段时间，为了给孩子准备冬衣又开始来这里兼职。

"也是硬撑着，还要挑重担子。"说着，女佣用手摸了摸肩头。

"我妹妹也是肋膜不好。春天我们一起来的时候，就住在这里。现在她在医院……"百子说，"不过，妹妹是因为打网球。"

"那是身份不同啊。"

不过，麻子为了夏二忽然剧烈运动，应该是认真的吧，百子想。

"'身份不同'，真是过时的说法啊。"

百子笑了。她想想自己，一阵苦笑。

昨天是潜水艇的司令，身被恩泽，是全家的仰仗，今天就要和两个外孙女一起，靠女儿养活。明天的百子又会是怎样的呢？这个世界真是变幻莫测。

"要说身份不变的人，如今的日本恐怕一个都找不出来。你背负着三个人的生活，大概只有这一点是确定的。"

"虽说如此，我的工作、我的身体，没有一点是有保证的。四个人都得吃饭，只有这件事是确定的……"

女佣说起自己想卖掉一所正在出租的房,准备做小买卖,但那个房子里住了三家人,谁也不肯让步,最终没成。

像女佣这样的身世在日本并不少见。但是,百子似乎仍然很难相信,自己眼前这个面孔俏丽的美人,是一个处境艰难的寡妇。

"还是结婚吧。"她轻飘飘地说。

"拿我开玩笑呢吧。年轻女孩子一抓一大把,都说只要中年男人就可以,我拖着三个包袱,有谁会接手呢。而且,在旅馆里看多了男人的嘴脸,已经对男人不抱希望了。"

"找个喜欢的人就行了。就算一个人干活儿干到病倒,现在这世道,也得不到一句好话。"

"真真切切,小姐,你来帮我张罗吧。"

海军大佐的女儿,也开起这样的玩笑来了。

百子这话,竟然像是劝海军士官的未亡人去做小妾,她自己也被吓了一跳。更吃惊的是,百子说的时候,想的是启太的父亲青木。

青木独身一人,发生这样的事也不会给任何人添麻烦。女佣也能因此养好自己的肺病。

不过,这真是奇怪的胡思乱想。

对女佣的同情,为什么会让她想到启太的父亲呢?女佣和青木并非看上去肮脏的人,是自己把两个人联系在一起的想法肮脏,百子想。

"不过，我们还是要珍惜自己最宝贵的东西。就算生活艰难，总有一天，也会觉得幸好当时好好珍惜。"百子温柔地说，"虽然我不知道什么东西对你来说最宝贵……"

"是啊，什么最珍贵呢？对我说这话的，只有小姐您了。我能被派来照顾小姐的房间真幸运。本来就觉得小姐长得漂亮，还以为不好伺候……"

女佣把百子的围巾叠好，收起外套，拿起热手巾出去了。

"姐姐。"

出乎意料地，竹宫少年进来了。

少年打开纸门，站在原地。头发长了。

"小宫……"百子镇定下来招呼他，"过来，坐下。"

少年在桌子对面屈膝坐下，深陷下去的太阳穴，看起来有几分凶险。

"姐姐，我来了。"他只说了这一句。

"嗯，欢迎。"

百子有点头晕。

"小宫，你去医院看望麻子了吧？"

"嗯，去了。"

"为什么要去？"

"去还姐姐的项链……"

"项链我收到了。我的东西直接还给我就好了,跟我妹妹没有关系。"

"嗯,还有……我想跟麻子小姐告别。"

"告别?告别什么?"

"跟这个世界告别。"少年轻飘飘地说了出来。

"是吗?小宫准备去死吗?"

"是的。"

"就算你这么说,我也不吃惊,所以想去吓唬我妹妹?"

"不是这么回事……"

"但是,在我之前,你先去跟我妹妹告别,不是很可笑吗?是因为麻子是个对什么事都会表示同情的人吗?"

"我不需要同情,只是很感激她。"

"小宫要感谢麻子什么?"

"就算我死了,只要那个人活着的话,我也会很高兴。所以,我是去看看她的病怎么样了。"

"是吗?"

百子心中一片静寂。

"麻子活着就很高兴,然后小宫就来杀我了?"

"是的。"

少年点点头,清澈的眼睛闪闪发光。

"我已经什么都不想了,没什么大不了的,不是吗?"

"是啊。也许是没什么大不了。你杀了我也没什么,但是,小宫,你杀不了我。为什么呢?因为我这个女人常常想到自杀……"

"姐姐是在嘲笑我吗?"

"小宫,我曾经想说,小宫搞过同性爱。我都知道。不想杀死同性爱的那个人,为什么却想杀死我?"

竹宫回答不出来。

"像个男人一样活下去吧。这是我最后的话。搞同性之爱的话,孩子也生不了吧。"

但是,少年仿佛没有听见百子的话。

"如果死在这里,小宫就没有人生了。"

"我不想被姐姐甩掉。"

"是吗?那你准备怎么杀死我?还是掐脖子?小宫经常掐我的脖子……"

"我不会,你知道我不会。"

少年说着,摇摇晃晃站起来,走到百子身后,一只胳膊扼住百子的喉咙。

百子毫不反抗。

"姐姐,可以吗?如果你感到痛苦,如果你不喜欢,就告诉我。我会松手的……"

竹宫少年的手在颤抖。

"奇怪的孩子，让我看看你的脸……"

孩子会像这个人吧，百子想。

少年从百子的右肩上探出头，眼泪扑扑簌簌掉到桌子上。

百子闭上眼睛。

但是，她感到少年扼住她喉咙的手臂真的使上了力气，用嘶哑的声音叫道："小宫，不行……小宫。"

"小宫的孩子……我肚子里面有小宫的孩子。"

当然，少年松开了手臂，因为自己的话忽然害羞的竹宫少年一下子变得可爱起来。

"孩子？"

少年将脸抵住百子的背。

"撒谎。你在说谎！什么孩子，我还是个孩子呢。"

"小宫不是小孩了。"

百子感到竹宫的脸从背上传来一阵温暖，不由心跳加速。

"我的妈妈生下我就死了，小宫难道要在那之前就杀掉我？"

百子忽然充满了温柔。

"姐姐，你在说谎吧？"少年重复着。

"没有撒谎。我不会撒那种谎。"

"哼。"

少年的脸和手,都离开了百子的身体。

"姐姐,不是我的孩子吧?对,不是我的孩子。"

"什么?小宫。"

百子如同迎面淋了一盆冷水。

"对吧?姐姐,不是我的孩子。我自己还是个孩子呢。"

百子冻僵的胸开始颤抖。

"是啊。是我的孩子,不是小宫的孩子……"

"讨厌。"

竹宫站起来,后退了五六步,俯视着百子。

"姐姐这个撒谎精……我是不会上当的。"

他两手捂住脸,叫道:"啊……"然后跑出了房间。

百子一动不动。

百子想起了第一次被启太拥抱,又被启太推开,憎恨和悲伤都沉入无法言说的谷底时的心情。

竹宫少年到底是因为嫉妒跑开,还是因为胆怯逃走的呢?

"我还是个孩子。"只有这句语焉不详的话语,冷冷地回响在百子耳边。

二

　　青木新茶室的客人只有水原和百子两人。水原从银阁寺、法然院回来，也顺路来看过茶室，关于设计并没有说什么。

　　"如果设计者先穿着西装进来，那么，茶室的设计也显得不伦不类了……"

　　水原回头看看百子，说："这次麻子也过来，这孩子也穿着正装。"

　　"没关系。主人茶道不精，也是个半吊子啊。"青木笑着说，"之前听古董店的人说，有个人痴迷茶道，一心就想招待客人。于是他一边看参考书，一边点茶。师父就坐在水房里，给他一一指点。那人体格庞大，揭开锅盖的时候，因为太用力了，把不知是黄濑户还是织部的盖托，啪的一声压碎了。"

　　水原也附和道："那可真是大力神。闻所未闻。"

　　"是啊，那人是东京人。英雄事迹马上就传遍了京都。"

　　"不过，盖托也会被压碎啊？"

　　"是啊。就算叫我压，也压不碎啊。"

　　青木说着，在茶锅的盖托上敲了两三下。

　　"说到西装，我也问了这边里千家的师父，现在来师父家的客人里，男人几乎都穿着西服。战争之前，穿着西服进茶道师父家的门，总觉得不协调、不礼貌。客人自己也会觉得不好意思……"

"最近,听说银座附近那些不良少年很流行学茶道。有不良少年进了银座的古董店,看了志野的茶杯,还问原价多少钱……"

"我们也是附庸风雅的这一类吧。不过,在战争中我失去了儿子,房子也被烧毁了,现今躲在京都,请您造了一间小小的茶室,谁料想朝鲜又开始打仗了。"

"但是,利休虽说是桃山时代的,但也是日本战国时代过来的人……吉井勇也写过那种歌。"

"利休那个时代可没有原子弹。请人设计防空洞,怕是比设计茶室的人有先见之明。"

"我这个建筑师也去看过广岛、长崎的灾难现场。看完再来看京都,走在街上也会毛骨悚然。那种只有一边开口的小巷子,要是碰到原子弹,可就惨不忍睹了。"

"是啊。我们倒是一边吃着豆腐火锅,一边老老实实等待着那人间地狱的降临啊……"青木一边点茶一边说,"南禅寺的豆腐火锅店离得很近,我经常一个人去吃。在夏荷凋零的泉水边,坐在长凳上喝着小酒,看枫叶慢慢落下来,一天就到头了。在别人眼里,我根本不像是住在附近的人。我也因此养成了独酌的习惯。去茶馆也糊里糊涂地自己给自己斟酒,真是丢脸。"

壁龛里挂着《过去现在因果经》,有十八行字。青木说是在京都寻到的，正是水原之前说想一睹为快的宝贝。

"这是《过去现在因果经》，是你父亲点名要的。"青木对着百子说，"壁龛是天平的佛画。我家的这些收藏都不怎么搭配，不过为了你父亲……本来，你父亲就不怎么喜欢茶会，不伦不类反而别有一番情趣。"

"把八世纪的日本佛画，挂在自己设计的壁龛里，真是不可思议的幸运啊。"

"今天我就想着挂佛画，也是对启太的供养。百子小姐今天也来了……"

看着彩画里朴素可爱的小佛像，百子胸口一阵一阵发紧。

青木为百子搅动着茶刷。

"后来我看了启太的日记，之前，做父亲的有好多事情都没能理解儿子，没能认识儿子的真正价值……赴死的儿子留下的心声，读来真是令人更加寂寞。父子之间大概就是这样的吧。"

"也许吧。我和女儿之间也大致如此。"水原没有看百子，说道。

"不，如果两个人都还活着，就完全不一样了。"

"嗯，怎么说呢……"

"这话不该当着百子小姐的面说，不过，启太还在世的时候，水原先生是不是已经接受了百子小姐和启太的爱情呢？"

青木低着头，把茶杯放到百子面前。

"请。"

"谢谢。"

百子挪动膝盖向前。

水原吞吞吐吐地说:"那个……说起来,我也不是完全不知道。应该说,随百子的心愿吧……"

"是嘛。那就是接受了。谢谢。"

"哪里的话。"

"我差不多什么都不知道。这也是我没能理解儿子的其中一点……不过,启太死后我就接受了……我太自以为是了,真是对不起百子小姐。说是怀念儿子也好,说是父母的忏悔也好,都像是攀死人的交情。春天里在左阿弥见到百子小姐的时候,我跟百子小姐道了歉又道了谢,希望让过去的都过去,忘了那些事……百子小姐说'并没有过去',这话一直留在我心里。"

"那次我也认可了,百子爱过启太的事。"水原说。

"谢谢。但是,水原先生和我,在启太死后……"

青木用圆润的手擦拭着茶碗。

晚饭他们准备在客厅里吃,因为从那里看庭院的枫叶最好。

晚饭是辻留的怀石料理。

百子的心绪乱了,根本食不知味。

水原穿上庭院木屐,走到庭院里,又走向茶室那边。

"矮篱笆那边开着茶梅呢。"远远听见他说。

青木若无其事地看着百子说:"百子小姐,在京都多待一阵子吧。"

"好的,多谢。"

"夏二经常去贵府上打扰,多蒙照顾。"

"是。以后还要请您多多关照……"

"明白了。"

青木的眼睛炯炯有神,看不出上了年纪,那眼睛中思索了一会儿,问:"百子小姐,有什么担心的事吗?"

百子的脸一下子就红了。她觉得自己被看穿了。

"只要是跟人有关的事,都可以找我商量的。有事尽管说。已经没有什么事能吓到我了。这么说可能听起来很自以为是,不过我已经差不多是半个死掉的人了。"

百子将放在膝盖上的手拿起来,捂住自己的肚子。

河之岸

一

"一件微不足道的事就能安慰我们,是因为一件微不足道的事就能折磨我们。"

百子口中再三低声念着这句话。

她在努力尝试,把所有的一切都当成小事。

竹宫少年死了,这也是一件微不足道的事吧?百子没能生下竹宫少年的孩子,这也是一件微不足道的事吧?

实际上现在百子之所以还活着,全是因为百子的养母——麻子的生母——把氰化钾换成了砂糖。仅仅是这个小小的举动。这又是一件多么微不足道的事啊。

"得了大病命不久矣之时,就会深深自责。恍然醒悟以前以为重逾千钧之事,也不过如此。"

百子也知道这样的说法。

所谓的大病,不一定是身体上的病吧,说是心里的病也未尝不可。

百子心里的重病就在不时发作。自从生母死后，她心里的病从未痊愈过，后来恋人启太又死了，这病就越发严重了。

大体来说，人所说的话，不，就算是神说的话，都可以随心所欲地解释。而且，不管陷入怎样的窘境，他都可以用语言为自己辩解。为自己辩护的言辞如果想找的话，不管多少都能找出来。

但是，言辞变成痛彻的实感，是在痛彻的体验之中。

启太第一次抱起百子又放开她时，说："哎呀，你这个人，不行啊……"

百子向竹宫少年坦白："小宫的孩子在我肚子里。"

少年说："那不是我的孩子，我自己还是个孩子呢！"

然后逃走了。

这句话的可怕之处，只有百子这个当事人才能理解。

这两个人都死了，就像是被他们自己的话惩罚了……他们说的话，就像是宣告了自己的死刑……

启太战死了。竹宫少年自杀了。

再加上百子肚子里死去的孩子，已经有三个人了。

"但是，启太战死不是我的责任。小宫自杀，也许也不是我的责任。"百子轻声告诉自己。

"启太死的时候，我也想死……可我吃的是糖，得救了，那不能怪我。小宫死之前，我也让他杀了我。他扼住我脖子的手臂松了，那也不能怪我。"

那应该怪谁呢？还是说谁都没做错，但三条生命的消逝是事实，而百子还活着。

"你是不该死的人……"

百子像唱歌一样重复地念着这句话，心里静静倾听着那回音。

这是为爱烦恼，投身于濑户内海的诗人生田春月为恋人吟唱的诗句。决意赴死的诗人为那女人留下了绝笔。

你是不该死的人

你是命中之恋的妻子

"你是不该死的人。"

类似的话，竹宫少年似乎也对麻子说过。百子在少年死后才想起来。

"就算我死了，如果那个人还活着，我也会很高兴。"

听到这句话的时候，百子责问竹宫，反问他："于是你就来杀我吗？"少年死后，这句话仍在百子心中回响。

在百子心中，这句话甚至让她回到了自己生母自杀的时刻。

在与母亲的自杀相拥的那个冰冷世界里，百子对启太和竹宫两人的死，感觉不到任何罪恶和悔恨，对水原则燃烧着愤怒的火焰。

但是，百子在青春年代委身的这两个男人都死了，两个人都不是自然死亡，而是死于非命。这是怎么回事呢？

而且，这两人，她都没有完全属于他们。这又是怎么回事呢？

百子那时候跟现在的麻子处于两个完全不同的世界，麻子可能在读《完美的婚姻》和《查太莱夫人的情人》，但百子并不认为麻子能理解自己。

然而，却是麻子的信通知自己竹宫少年自杀的。看来麻子煞费苦心了，信里只有简单的报告。

据说，竹宫少年死在了箱根的山里。

看来他是特地挑选了跟百子有关的地点。

百子曾经在早春时带着竹宫去了芦之湖，又在初夏时去了强罗。少年应该是在那一带的山里死去的。麻子的信里，只说是在箱根。

遗言和日记等，少年没有留下只言片语。也许他写了，后来又撕掉了。但是，死之前连一封信都没有给百子写过，也许是一开始就没有写。仔细想来，竹宫也不像是会写日记的人。

百子也从来没有给竹宫留下只言片语，连明信片都没寄过，真是奇怪。

这两个人之间，就是如此奇怪地联结在一起。

没有留下任何只言片语作证据，这也像是竹宫少年的作风。

这一切看来似乎虚无缥缈，反而让他在死后显得更为纯净丰富，也让这个人的形象更加鲜明。

将死之人留下的遗言,大部分是伪造的,是修饰,不过是自作聪明地粉饰真实的虚妄,这一点百子不是不知道。

一切动物和植物,都不留下一句话死去。石头和水,也是如此。

百子以为吞下的是氰化钾,却尝到了砂糖的时候,也没有写遗言。她把以前的日记也都烧了。

"小宫什么都没说。"

百子一边读着妹妹的信,一边为少年的沉默合掌,并流下了眼泪。

"你家里人想必会遗憾终生,但对我来说,这样最好了。小宫,谢谢你。"

麻子信上还说,百子最好暂时不要回东京。

"聪明的小姐,谢谢你的提醒。你没有杀过人吧。"

麻子还说,自己去参拜了竹宫的墓。

"为什么去?代替姐姐?替姐姐谢罪?"

那代代祖先的古老墓石,跟柔美的少年很不相配。

少年进入了百子的身体,抚摸着百子的皮肤。少年的手臂扼住了百子的脖子。少年不在墓地。现在他不在任何地方。

但是,百子忽然感到一阵战栗,仿佛全身汗毛都竖了起来。

竹宫的孩子离开百子的身体死去的时候,孩子的父亲是不是也同时死了呢？

少年自杀的日期和时间，麻子信里也没有写。

但是，百子却打了个激灵，想："那时，小宫也许已经死了，肯定是这样的。"

那时，百子的身体流着血———个生命就此消逝了。

孩子还不知道是男是女，父亲和孩子分别在箱根和京都，同时以死亡呼应，这是多么神秘的巧合啊。如果真有黄泉路，弱质纤纤的少女一般的少年父亲，抱着尚未成形还带着血的婴儿，一起飘飘荡荡远赴黄泉了吧。

"我还是个孩子啊。"

父亲嘴里还低声念着这句话……

确实，百子一直把竹宫当成孩子，是她疏忽大意了。她做梦也没想到，自己会怀上竹宫的孩子。

这个少年，和"父亲"的形象真是相去甚远。

自然的生命力，或是说造物主的规律，却让这样的少年做了父亲，百子自己被神圣的鞭子打到，恍然惊醒。

不过，她本来是想生下来的。当然，身为父亲的竹宫是靠不住的。就当成自己一个人的孩子吧。她还下了决心，要从父亲的家里搬出来。

她很犹豫要不要跟竹宫讲清楚，不过想来也不可能隐瞒到底。

决定和少年分手，却怀上他的了孩子，这也是命运跟她开的一个大玩笑。

百子被少年扼住脖子时感到很痛苦，一旦坦白，她又忽然爱怜起孩子的父亲。

竹宫听了以后大惊失色，没有轻易相信。百子从一开始就猜到了。

竹宫说："不是我的孩子。我是不会上当的。"

他这样怀疑自己，却是百子从没想过的。

但是，说起来，这也是合乎情理的怀疑。百子没有辩解之词，也没有不可动摇的证据。竹宫已经不知道是她的第几个情人了，他和之前的西田少年一起，大概已经把百子当成了妖妇。那应该是比自己年长的少年的孩子吧，竹宫产生这样的怀疑也是正常的。

一直俯视着少年的百子，一旦怀上了孩子，位置马上颠倒，轮到少年从上方俯视她了。

百子感到了女人的软弱，这令她难以忍受。

就像自己第一次被启太拥抱，马上又被启太推开。自己身为女人，却受到男人无情的羞辱，这难道就是宿命吗？

竹宫逃走了，那是可恶的男人的任性。孩子明明在百子肚子里。

不生下孩子，是女人的自保，也是对男人的报复吧。

百子在医院接到了麻子的信。

但是，竹宫并不是仓皇而逃，而是死了。当时他确实是逃出去了，但自杀了。他死了，留给百子一个谜。也许，少年是怀疑那不是自己的孩子，出于疑惑和嫉妒而选择自杀的。

"那不是我的孩子"，竹宫这样断言是出于他身上那种别扭的羞涩，其实并没有怀疑百子。成为父亲的震惊和恐惧，让他想抹消自己的存在。

"那是姐姐一个人的孩子，我只是一个幻影，一个幽灵。"

少年这么说着，忽然消失于这个世界上。

百子没法把竹宫当作自己孩子的父亲来看待，她只当自己像圣母马利亚受孕一样，这是自己一个人怀上的奇迹的孩子。

百子认为，自己能成为母亲也是个意外，是个奇迹。

百子在出乎意料的妊娠的惊愕和困惑中，也混杂着这样的神圣的母爱。所以在京都的旅馆里，竹宫少年的话才让她备受打击。

而且，进医院是启太父亲的安排。

"百子小姐是不是身体不好，看起来很疲劳。如果在京都生了病，那就是我的责任了。我有个老朋友是个名医，既然在这里，就请他给你看看吧。"

青木若无其事地建议，水原也附和说："是啊。就连身体一向结实的麻子，也患上了肋膜炎……"

青木带着医生来到旅馆，约好了第二天去医院。百子抬不起头来。

医生说怀疑是肺和肾脏不好，高度精神疲劳，最好住三四天院，仔细检查。他没有马上说出是怀孕了。上了年纪的医生善解人意，为了不让百子难为情，说母体不适合怀孕，不知不觉中说服了百子。

百子感觉，这也是启太父亲和百子父亲这些大人商量后的结果。不过，她还是老实听从了。虽然早就知道肺和肾脏不好不过是个借口而已。

青木和水原也一句没有提到怀孕和手术的事，两人都装作完全不知情的样子。他们不愧是历经世事的人，百子心想。手术前后，他们都没有给百子打过一个电话。

这件事就像被埋葬在了黑暗之中一样。

百子现在才知道，自己就像是个孩子，终究赢不过大人。如果是以往，百子会对大人的这种策略进行激烈反抗，但现在只感到深深的疲倦。失去了孩子之后，她更觉得空虚。

医生说她神经疲劳，大概是吧。

在医院用的被子和衣服，都是从青木家借来的。

"好久没用了，去世的妻子的东西也派上了用场。我叫他们尽量找亮色的，因为是以前的东西，颜色都很素，真不好意思。不过，古风的花纹，现在的人穿，也别有一番风味啊。"

青木说着，欣赏着百子穿上和服的模样。

自己战死的儿子的女人，怀了孩子一样的男孩的骨肉，自己却像父亲一样来照顾她，百子不理解青木是怎么想的。

但是，就算自己想隐藏，父亲和青木还是知道了百子怀孕的事，背后一定商量过了。一想到这一点，百子就在青木面前羞愧难当。

自从百子怀上了孩子，一种女性化的羞涩不时温暖着百子。失去孩子之后，那种感觉仍在。

二

水原也推迟了回东京的时间。

竹宫的自杀恐怕是百子住院的更大原因。

过了一段时间，百子开始后悔，早知道竹宫会死，应该生下他的孩子。这无法挽回的悔恨是从哪儿来的呢？

百子腹中孩子的死，也许导致了孩子父亲竹宫的死，这奇怪的疑惑、神秘的恐惧，如同刑罚一样缠住了百子。

"姐姐，不要抛弃我。"

少年总是把这句话放在口上，现在他成了一个甩也甩不掉的人。

在旁人眼里，不管竹宫是带着对百子的爱死去的，还是带着对百子的恨死去的。不管百子是在跟少年闹着玩，还是在玩弄少年。现在这一切，活着的人都必须背负下去。

竹宫变得跟启太一样了。或者说，竹宫跟百子死去的母亲一样了。死者不会受伤，会受伤的，只有活下来的人。

百子本来还有三四天就可以出院了，但她的身体忽然急剧衰弱，吓到了医生。神经疲劳，这个一开始的借口，最后竟弄假成真了。看来是之前勉强支撑着，现在那根弦完全断了。

水原打电话到医院，说自己后天要回东京，想来看看百子。

"请您别来……求您了，别来。"百子一再推辞。

"啊？但是，不见面就回去不像话啊。喂，我很担心你。"

"没什么好担心的。我现在不想和您见面，就让我静静吧。您能明白吧，爸爸，对不起……"

"是吗？反正我总归要回过头来接你的，没问题……如果有工作来不了，我就让麻子过来。"

"麻子？我不要麻子过来，我可以一个人回去。"

"那样啊，一个人回去也不是不可以。但是，这好像是在惩罚百子，不是我愿意的。"

"没关系。如果需要反省，我会自己反省的……"

"怎么这么说？电话里面说不清楚，我还是过来吧。"

"别过来，我是妈妈的孩子……"

父亲似乎吃了一惊，听筒那边没了声音。

"我如果见到爸爸，不知道又会说出什么伤人的话，只会让我更恨自己。"

父亲总算是答应了。

水原回到东京的第二天,启太的父亲来到了医院。

百子都没有时间擦上口红,唇上黯然无色,表情生硬。

但是,青木仿佛毫不在意,露出心无芥蒂的微笑,说:"好些了吗?有封信是写给百子小姐的,寄到我这里来了……"

他用那双圆润的手把信递给百子。

"谢谢。"

"你父亲昨天回去了。我去送他的时候,他拜托我好好照顾百子小姐。我不好意思地说,不,还是要请百子小姐好好照顾我。"

"嗯。"百子一副事不关己的样子,冷淡地答道。

"不过,今天,我问过医生了,如果百子小姐想出院,随时都可以出院。"

"啊?"

看着青木盛情劝诱的脸,百子又低下了头。

"我自己也是这么想的。"

"那就好了。"青木点点头说,"出院以后,暂时在我那里好好住下。水原先生会来接你的……"

"谢谢。"

大人到底是在体贴百子,还是在挽回颜面,百子无从判断。百子之前一直为所欲为，现在到了这个地步，只能任由大人安排。想到这里，百子愤怒得几乎要大叫起来。这点怒气，她心里也不是没有。

"接下来就是出名的寒冬了。晚秋初冬的京都也不错哦。甚至有人说最爱冬天的京都。"青木亲切地说，"留在京都赏雪吧。"

百子的目光瞥向窗外，说："出院以后，我想去一趟西山。从这个窗户，每天都能看到西山的晚霞，就一直想去看看。"

"是嘛。今天也有晚霞。"青木说。

"从岚山往嵯峨那边走。一说到岚山，我脑子里就浮现出看樱花和枫叶的人群，感觉是一处很俗气的名胜，但冬天人迹稀少的时候去，还是很不错的地方。大概是今年五月，我一个人从天龙寺的庭院后面爬上龟山公园，沿着小仓山的山峰，一路往北到嵯峨去。不过百子小姐的身体恐怕吃不消。"

百子拉紧了睡衣的衣襟。这和服棉袍还有上面的大褂，都是青木妻子年轻时的衣服。病床的被子也是。想到这些也是启太母亲的遗物，百子就感到抬不起头来。

"我要回去了，有什么要我办的事吗？"

青木从椅子上站起来，百子忽然叫住他："青木先生，我们在京都还有一个妹妹，你听我爸爸说过吧？"

青木回过头说："听说过。她那个姐姐，我见过。"

"是艺伎吧？"

"是的。"

"我感觉，麻子这封信上，肯定写着京都妹妹的事。"

百子沉默了一会儿。

"您能安排我和那个妹妹见个面吗？"

"啊？我来……是啊，可以。我去跟对方说，尽力安排你们见面。"

青木留下话就走了。百子打开麻子的信。但是，上面并没有提到京都的妹妹。麻子似乎都不知道百子住院了。

现在父亲应该已经到家了，百子的事，大概没有告诉麻子。

百子带着从青木家借来的被子、洗脸盆还有其他东西出院，住进了青木家。

两三天后，她和青木一起去了岚山。在渡月桥前面下了车。

"我给杜鹃打过电话，说是傍晚过去。现在时间还早，我们去对岸散散步吧。"

青木看着百子。

百子点了点头。

"记得小时候，我吃过很好吃的竹笋，那家店不知道是不是叫杜鹃……"

"应该是杜鹃吧。"青木一边走过渡月桥一边说，"百子小姐住院的时候，我去看了一部名叫《四大自由》的电影，不知为什么印象很深刻。美国为了四个自由,和德国、意大利作战,最后胜利了。那是战争的纪录片。最后,希特勒和墨索里尼这两个独裁者,都和情人死在了一起。希特勒在自己官邸的地下室自杀,尸体没有找到。但是,墨索里尼准备逃去瑞士的时候被抓住了,被杀之后,他和情人的尸体电影里都放出来了。死去的墨索里尼的大脸上,眼睛瞪着,尸体已经开始腐烂了。而且,两个人的尸体被倒吊起来。情人的上衣衣角掀下来,肚子裸露着,一直能看到胸。"

虹之路

一

那样的两位独裁者,最终都和自己年轻的情人死在了一起,启太的父亲在震惊之余,又颇受感染。

"我几乎惊叫一声想闭上眼睛。因为看到了墨索里尼情人的肚子。她被倒吊着,上衣倒着滑落下来,电影里留下了这一幕。我正担心不知道会露到哪里,衣服停在了乳房下面,让人松了一口气……"

百子稍稍远离青木,往桥栏杆那边走去,似乎准备停住脚步。

"真是失礼了。"青木似乎意识到了,"非常残酷的画面,真是让人吃不消。"

青木似乎还意犹未尽。

"像我们这样,造个茶室,游游冬天的岚山,可不行哦。"

"不过,现在,连来岚山的人都没有。"

除了青木和百子,渡月桥上没有一个人。

"不过,红叶季过了的岚山也很美啊。"

"是啊,静静的,很寂寞……"

百子远眺河下游。

"红松的颜色真漂亮,绿叶就像被染成了蓝色。"

河左岸松林密布,右边是稀稀落落的松原。百子远眺着这片松林,岚山上也有很多红松,后面的龟山、小仓山上也有松林。

河下游的枯草岛上,飘起了两处云烟。东山看起来像是在那云烟之上。

"再往下面一点,大堰川汇入了桂川。上面是保津川。岚山前面,只有水截住的那块地方,叫大堰川……"

青木向前走着,似乎在催促百子。

"百子小姐,做过十三参拜吗?"

"没有。"

"关西很多人这么做。十三参拜是在四月十三日,那时这里的樱花盛开,法轮寺的虚空藏菩萨可就忙了。"

桥的那边只有法轮寺耸起的多宝塔,只涂上了鲜艳的颜色,分外惹眼。

青木又说起了三船祭。据说为了纪念王朝的公卿乘上三艘船,吟诗作歌鼓乐游乐的风雅,新绿之时要举行船祭。在红叶季,还会有天龙寺船和角仓船。

但是,冬季的河水看上去并不适合乘船游玩。被截住的水流静止不动，深不见底，更显出了冬日的萧瑟。

过了渡月小桥，青木说："再走一走吧。"

折进了河岸右边的小路。这是游览岚山的路，仍然是不见一个人影。从桥上看，河水就在身边。

"可以看到河底的岩石呢。"百子停住脚步说，"水看起来很深……"

透过深深的河水，仍能清晰看到的岩石，有一种莫名的神秘感。岩石上有小鱼群在游动。

"不冷吗？你刚刚出院……"青木说。

"不冷。之前您来医院，告诉我可以随时出院，我忽然就有了精神。"

"不是我说的，是医生这么说的。"

"啊。我大概太任性了吧。"

"是吗，应该是相反吧。在我们看来，百子小姐是在折磨自己。"

"不是。"百子摇了摇头。

"是这样的。"青木微笑着，接着说，"百子小姐，如果一个人折磨自己，世间就不会再折磨他了吗？不一定是这样。说不定正好相反。这种事情，我们也见得多了。把'世间'这个词换成'命运'也未尝不可。把世间和命运混为一谈，听起来像是俗人的庸见，当然无疑也是这样，但如果将个人的命运与世间切割开，也只会变得更加寂寞。"

"啊?"百子不知道该怎么回答,"您和我爸爸也说过这种话吗?"

"说过一些。"

"但是,我并没有折磨自己。有时候我也这么想,但其实没有。这次我是清清楚楚知道了。"

"但是,百子小姐从来不依靠别人,对吧?"

百子的脸上羞愧的火烧了起来。

"依靠……这次多蒙您照顾,真是羞愧难当,我都不知该如何道谢。"

"本来不想说这些话,不过,如果就这么让你回东京,百子小姐自我折磨的重担恐怕又要带回去了。你是不是在后悔,任由我和你父亲私下谋划想治好百子小姐呢?"

"我只是感到后悔,我自己的耻辱要自己来……"百子的声音哽咽了。

"请交给别人处理吧——连同你的情绪。"

百子不知道该怎么回答。但是,情绪没法交给别人安抚。

现在的百子,比起悔恨,残留的羞耻感更强烈。如果说父亲和青木这两个大人设了一个狡猾的圈套让百子钻进去,心知肚明却仍钻进圈套的百子,不是更加狡猾吗?自己走投无路时的狡猾,让百子更加讨厌自己。

然而，父亲和青木固然如此，连自己也装作若无其事，准备就此蒙混过关。像这样，乖乖地跟着青木来到岚山，百子觉得也是在若无其事地继续表演。

出院后住到青木家，如果是知道羞耻的女人，根本做不出来。她失去了自我，任人摆布。

既然已经任人摆布了，那就交给我们吧。这是青木想说的意思。百子也明白。

不用青木说，百子脑中一片空白，既没有反感，也没有抵抗。青木的关怀她感受得到，她全心地依赖着青木。但是，有时候，青木就像阴沉的天空一样，让人捉摸不透。

"那个人不应该死啊，启太……"青木说，"死去的人都会获得原谅，不会再被追逐、被捕获，不会再受到惩罚……还有，死者无罪，对还活着终究将死去的人来说，这是深刻的真理。但是，死去的人不是也应该背负罪名吗？我是这么想的。"

"但是……"百子欲言又止。

启太对百子做了什么，启太的父亲又知道多少呢？

"但是，我的妈妈也自杀了。您从我爸爸那里听说了吧？"

"听说了。所以，就让你母亲，还有启太，来背负罪名吧。"

"什么罪名？"百子故意反问道。

"还活着的人的所有痛苦……"

"让他们都去地狱吗?"

"你想让启太堕入地狱吗?"

"不想。"百子摇摇头。

"有些人,因为不想让自己所爱的人堕入地狱,自己活着的时候就掉进了地狱。我有时会这么想。人的罪恶和苦恼,没有一件事是由自己创造发明的,全是模仿先人,从先人那里继承来的。难道不是从死人那里继承来的传统和习惯吗?"

"就像小鸟一样?小鸟从几千年、几万年以前开始,就一直在造同样的巢……"

"水原先生这样的建筑家,小鸟里面可没有。"

青木笑了。

"总之,要怪就怪死去的人吧。我已经替启太道过歉了,我想,死人的罪孽不会消失,还活着的人之间还是相互礼让比较好。"

"所以,您才这么费心照顾我?"

"这是费心吗?"

青木声音低下来。

"在百子小姐面前,我经常讲起启太,光是因为这样,我就想为百子小姐做点什么。我想让百子小姐在我家里看京都的雪、过正月……我也跟你父亲说,请他除夕过来,元旦早上再回去。我说,京都除夕夜的钟声，你们每年只是在收音机里听，今年要不要试试在京都听听呢……"

"我和爸爸会再来的。"

百子不置可否地说。父亲把自己托付给青木就回去了，百子也觉得无法理解。这不是在逃避责任吗？

也许，是因为他不想让麻子知道百子怀孩子的事，才把百子带到京都，然后把她留在京都自己走了。

百子觉得自己已经无家可归了。

"就算有夏二在，夏二是夏二，启太是启太，不能互相取代啊……"青木似乎一直沉浸在对启太的回忆中。

河岸的小树在水上的倒影，映入百子的眼帘。不知道是什么树，纤细的枝丫如同网眼一样纵横交错，枝丫清楚地在水里描出线条。岸上的枝叶错杂，看不出个所以然，在水里，微妙的线条却历历在目。不像是水面上的倒影，倒像是生在水中一般。虽说是一棵不知名的树，却让人感到水的妖气。

百子似乎看入了迷。

"在东京，根本看不到这么清澈、这么绿的水。"

百子抬起头，对岸的山也倒映在水里。成片松树的树干，也像生长在水中一般，比在山上见到的颜色更加鲜明。

红松的山脚下，映着河边临川寺的土围墙。

"已经完全是冬季景色了。"青木看着河里山的倒影说。

"听说东京前几天下了冰雹和雪籽。妹妹的来信中说的。雪停了以后,还出了彩虹……具体不知道是在哪里,妹妹走在宽阔的柏油路上,在道路尽头,挂着一个大大的彩虹,她朝着彩虹的中心走过去。"

麻子是不是和夏二两个人走向了彩虹呢?读信的时候,百子就有这种预感,现在也是这么想的。但是,她没有对夏二的父亲说破。

和夏二的父亲,也是启太的父亲一起,像这样走在岚山的无名小径上。百子得以回顾自己经历的一切。

河上渐渐能看到岩壁和岩石群了。两岸的岚山和龟山也气势不凡地迎面逼来。

小路延伸进一片树荫中的小坡。百子站住,青木说:"咱们就走到这里,回去吧。"

"好的。"

对岸有烧枯叶的烟,还有竖着的棉布旗子。

"那边就是杜鹃。百子小姐,你说想见京都的妹妹,我把她叫过来了……"

"啊,是今天吗?"

百子严肃地说:"如果是今天,能不能早点告诉我?真过分。这不是搞突然袭击吗?"

"真对不起。我坦白,我是想让你们意外见面,给你个惊喜。"

"真是赢不了大人啊。"

"对不住……但是今天能不能见到,我也说不准。我跟她姐姐约的是中午过后,但对方没有给回信。既然我们已经出来了……"

百子默不作声,先迈开了脚步。

比睿山上,晚云出来了,东山隐身于暮霭之中。附近小仓山一带,薄薄的暮霭也从林木间涌了出来。

二

两人被带进了名为杜鹃的房间里。

"啊——"百子叫出声来。

原来在京都舞现场遇到的女孩就是京都的妹妹。

若子十分严肃地盯着百子。

"你们认识?"青木说。

"嗯,不认识,以前见过。"

百子坐下之前,若子和母亲从座垫上后退行礼。

"欢迎来京都,这是若子。"母亲先介绍了女儿,"我是菊枝。"

"我是水原家的百子。"

"啊……"菊枝再次低头致意,"上次……怎么说才好呢……"

话没有说完，青木对百子说："其实我是第一次见到她们。"

"多谢您费心了，托您的福……我都不知道该怎么感谢您。"

"哪里，你们以前见过，不是更好吗？"

百子问："若子小姐在南座时就认出我们了吧？"

"是的。"

"怎么认出来的？"

"给大谷先生的名片……"

"啊，是有这么回事。就是那个婴儿的父亲？"

"是的。"

"若子小姐知道是我们，就逃走了，是这样吗？"

菊枝有些尴尬，对女儿说："不是逃走，是被吓到了。"

"没关系，逃走也没关系……如果我是若子小姐，也会逃走。"

"小姐应该不会逃走吧。如果是这孩子，恐怕胸口都要炸开了……今天也说难为情不想来呢。要说难为情，我就更加难为情了。换作我，也不会来……"

百子开诚布公地说："我也不是水原家的孩子，您知道吧？"

她是说她不是生在父亲家里的孩子，不是正妻生的孩子。菊枝马上领会，垂下了眼睛。

"小姐毕竟是在家里长大的……"

"那是因为我妈妈死了。"

"别说这种话,那我也早点死了就好了。"

"这个嘛,要先问问若子小姐。"百子轻轻回敬说,"看看哪样更幸福。"

"是啊,说到幸福,就麻烦了。就算不幸福,也许还是那样更好……"

"是吗?比如,把若子小姐接回家?"

"不可能的。这种事,我连想都没想过。"菊枝狼狈不堪,一脸防备。

春天里,水原也提出来了。今天来这里也是为了这件事吗?菊枝想。但是,在大德寺和水原见面的事,两人都没有跟旁人提起过。

"劳烦你们记挂着这件事,真是惭愧。青蛙的孩子就是青蛙的孩子。"

"比起我,妹妹麻子更记挂这件事。去年年底,她还一个人跑来京都找妹妹。"

"啊……"

菊枝也从水原那里听说了这件事,并告诉了若子。

"当时我还说,没找到最好了。大家都有自己的生活……"百子看看若子说,"若子小姐,这样第一次见到我,会觉得我是你姐姐吗?"

"嗯。"

若子一直低着头，脸颊红了。

若子的眉毛和睫毛细密，但颜色略淡，眼睛也是浅茶色的，看起来一副楚楚可怜的样子。百子意识到自己说错了话，但这也是百子对自己的疑问。

"若子不是第一次见到你。"

菊枝看着若子说："在京都舞那天，她看见你就知道是姐姐了。已经有半年了，都在心里念着姐姐。若能被叫声妹妹，就像做梦一样……"

"能姐妹相认也不错。至少对妹妹麻子来说……当时如果知道是妹妹，麻子不知道得有多高兴。麻子对若子小姐抱着的婴儿也很亲切吧。"

"是的，大谷先生很佩服。"

"麻子才佩服大谷先生呢。"

百子笑了。

"大谷先生确实很让人佩服。若子从南座回来后也说，麻子真是位温柔美丽的小姐。眼睛一直闪着光，晚上也睡不着觉。'是吗，那就太好了。'我说，心想真是去对了。她和你们身份不同。这孩子要趟过世间的河流，会遇到不好的事。难过的时候，想想东京的姐姐们，心里多少也会有些安慰……我不清楚这孩子是怎么想的，就是将心比心，这么劝她。我对水原老师也是这样……很久以前我和老师分手,但心里还是在仰望着老师,这才趟过了河。"

菊枝热泪盈眶。

"不管是和京都的姐姐们经常走动,还是要靠着她们,若子都不指望,她只是打心里喜欢这么温柔漂亮的小姐。"

百子似乎无话可答。

"若子小姐最近有没有见过父亲?"

"只有还是小孩的时候,十二三年前见过。"

"是吗?"

"去看大德寺的大山茶花的时候,若子还摇摇晃晃站不稳呢。"

菊枝回头看看若子。

"我不记得了。"

"去见见父亲吧。"百子对若子说。

菊枝低下头:"谢谢你这么说。能见到小姐已经是十分幸运了。等老师有心见的时候再说吧。若子……别害羞……"

百子沉默了。

菊枝想起了送母亲去大德寺见父亲时,眼含着泪水把母亲送到路边的若子,自己也忍不住热泪盈眶。

青木叫来女佣,准备晚饭。

"为了姐妹重逢,要喝一杯。"青木说道。

"是啊。"百子带着几分迟疑说道,"说是姐妹,但是……

三个人，三个妈妈……"

但是，百子还是拿起了酒杯，目光投向若子，仿佛是在催促她。

然而，若子并没有拿起酒杯。

"怎么了？不喜欢？我说的话不中听？"

若子摇摇头，仍然没有端起酒杯。

菊枝似乎也无意催促，只是看着若子："生在舞女之家却从不沾杯，真是没办法啊。"

"是吗？那就别演这出戏了。"

百子放下了酒杯。菊枝的借口很高明，但若子是不是真的讨厌喝酒？百子对此表示很怀疑。

若子如果直接拒绝，反而更令百子感到酣畅爽快。

"父亲没有看到这一幕，不行啊。"百子说着，忽然站起来，"岚山的景色也暗下来了吧。"

她拉开纸门。

冬天的枯枝间，传来了河流的水声。

译后记

一支日本的笛子

"我只是拥有一支日本的笛子",川端康成曾经这样形容自己的创作。

《彩虹到来时》写于1950年前后,当时,川端康成正好迎来自己的五十岁生日。第二次世界大战中,美国在广岛和长崎投下两枚原子弹后,日本在第二次世界大战中失败,战争的阴影还在活下来的人身上徘徊。而在这前几年,川端康成的文坛好友,日本作家横光利一、菊池宽等人也一个接一个故去。

从1950年开始,川端康成开始创作《千只鹤》《山之音》,但这两部他后来的代表作品直到三四年后才完成。同时期开始创作的《彩虹到来时》作为连载小说在当时的杂志《妇人公论》上连载。

"彩虹到来时"这个题目本身包含着暧昧的情绪,有诸多理解。到底是"彩云易散,霁月难逢"之叹,还是"无论如何,彩虹都会

译后记

再度出现"的温暖信念,书中并没有明说。

在小说的开头,主人公之一麻子看到了琵琶湖上冬天的彩虹,她偶遇的旅伴大谷感叹说:"琵琶湖上挂着彩虹,不知还能不能再次看到呢?"

麻子看到的彩虹是残缺的。"彩虹脚上断了。只露出最底下的一截,上面被云雾遮挡住了。"

这架断脚的彩虹,似乎预示了小说主人公的生活。书中每个人的人生中都有难言的痛楚以及伤痕。这伤痕,有自己造成的,有身世造成的,也有战争造成的。

彩虹在书中代表着幸福。在全书的结尾部分,麻子写信告诉百子,自己有一天在东京看到了彩虹。麻子写道:"我走在宽阔的柏油路上,在道路尽头,挂着一个大大的彩虹,我朝着彩虹的中心走了过去。"

这大概是川端康成安排给全书中最温暖的人物、最温暖的结局。

小说最先登场的主人公是建筑师水原家的二女儿麻子,从麻子的视角引出了水原家的大女儿百子。

麻子和百子虽然是姐妹,却是同父异母,而身世也大不相同。水原先遇到百子的母亲,生下了百子,但两人并没有结婚,百子的母亲自杀。百子从小生活在母亲乡下的娘家,后来才被带回水原家。

麻子则是水原正妻的女儿，自小在双亲的呵护下长大。六七岁时得知姐姐百子跟自己并非一母所生，自此对所有人倍加小心，温柔相待，希望每个人都幸福快乐。

水原还有一个女儿，那是他战前在京都和艺伎菊枝生下的私生女。因为战争，两人分开了，女儿跟着妈妈生活，与他再无联系。

麻子的母亲死后，麻子试着去京都寻找这个妹妹。在回程的火车上看到了彩虹，故事从这里开始。

一个淡淡的开头，定下了整个故事淡淡的基调，像是一个琐碎的家庭物语。麻子在火车遇到的单亲爸爸大谷，两人之间似有似无的火花也让读者感到很好奇，故事接下来会如何发展呢？麻子的好事是不是将近了？

然而作者笔锋一转，开始写起了百子的隐疾。

百子身世可怜，对麻子暗怀嫉妒，又心怀柔情。对父亲和这个家复杂的感情，让她难以自处。

在青春年少时，她又遇到了一个难以把握的恋人启太。启太是空军，在战争中，他知道自己早晚要"以身殉国"，因此对自己的恋人百子态度暧昧。在死亡的威胁下，他放浪形骸，却又需要恋人的抚慰来对抗死亡的恐惧。

幼年时经历过母亲的死亡，以及初恋启太死后，百子心里的伤口难以痊愈，此后只能跟不同的少年厮混，在他们身上寻找一丝温情。

而水原本人，让三个女人生下了三个女儿，又相继离别，现在已经走到了人生的晚境。

"两个女人和水原都为爱受过苦、受过伤。但是，这些都已经离水原远去，对死去的女人来说也已经如露水般消逝。"

回首逝去的时光，水原感叹：

"人所感受到的喜怒哀乐，在多大程度上是真实的，经历了岁月流转的水原深感怀疑。也许是生之河流中漂浮的泡沫或是微波。"

还有启太的父亲青木，在战争中失去了儿子，东京的家也被战火烧毁，于是他转而在京都安家，还请水原来设计茶室。

他自己形容说："我们倒是一边吃着豆腐火锅，一边老老实实等待着那人间地狱的降临。"

另外，他又试图让丧子之痛过去，一再安慰百子："要怪就怪死去的人。""活着的人还是相互照应比较好。"

小说中还出现了一个配角，是百子入住旅馆的女佣，曾经是原海军大佐的女儿。丈夫战死，父亲现在靠她养活，还有两个年幼的女儿。一个女人支撑着一家，过着艰辛的生活，百子甚至起了介绍她去当外室的念头。

百子、水原、青木，还有女佣，这些都是战争阴影笼罩下的人物。在小说的开头，水原带麻子去游览箱根，原侯爵的宅邸，还有其他贵族的别院，如今都成了餐馆和旅馆。世事变迁，一场战争令许多人的人生从此发生天翻地覆的改变。小说一半以上的篇幅都在描写这些身后拖着阴影的人，他们组成了小说暗哑的基调，这也是战后日本必然的颜色。

与他们相对的是书中的另一群人，麻子、夏二、若子，还有麻子在火车上遇到的大谷，这些人的身上都显示出了挣脱过去的另一种可能。

麻子是一个"对什么事都会同情"的温柔的人，在她身上有丧母之痛，但她的丧母之痛并不复杂，没有百子那样爱恨交织的矛盾感情。就连想要杀死百子的竹宫少年也感受到了她的温柔，说"就算我死了，如果那个人活着，我也会很高兴"。夏二不希望别人把他看作哥哥的影子，劝解麻子说"为了一朵花的美丽，我们也应该活下去"。若子拒绝"参演"由上一辈造成的家庭悲喜剧，对姐姐有子的孩子却能无微不至地细心照料。就连大谷，也不是传统意义上的日本大男人形象，他可以一个人带着孩子，还不时地来看望孩子的母亲。

在他们身上，命运不再沿着旧的水渠流动。他们不被世间种种

译后记

因缘际会附生的无力感笼罩，而是以自己的姿态鲜明而又认真地活着。川端康成在小说中，把代表希望和幸福的彩虹送给了麻子。

川端康成在诺贝尔文学奖授奖仪式上曾发表题为"我在美丽的日本"的著名演讲。

人生无常，世事变迁，有限的人生难以抵御"时光逝去"这一主题，在文学史上也屡见不鲜，但川端康成在表达这一主题时的独到之处，在于他把这一东方式的宿命主题融入了日本的风物和人物中，也因此获得了全新的生机和美感。

作为小说背景的故事发生地，在书中主要有两个：箱根和京都。

箱根和京都都是日本两大风景名胜地，不光有风景，还有历史。特别是京都，作为曾经的古都，是日本古代艺术的汇集地，几乎每个名胜古迹都与日本艺术史上一个辉煌的名字有关。小说中京都舞表演的内容就是"京洛名所鑑"，追寻京都历史上的文化名人的足迹。

在小说中，箱根是百子和竹宫少年私会的地方，也是竹宫最后自杀的地方。京都则是水原缅怀青春的地方，最终也成了百子的治愈心伤之地。

综观川端康成的小说，他很擅长写此类"旅记小说"，《伊豆的舞女》《雪国》《千只鹤》《古都》无不拥有散文诗的气质，将故事与当地风土完美地结合在一起,以致到了后世,到底是伊豆风光启发了《伊豆的舞女》的完成,还是《伊豆的舞女》赋予了伊豆浪漫色彩,已经分不清了。

《彩虹到来时》也是如此。如果不将人物置于箱根和京都展开演出,恐怕这部小说的浪漫色彩和纤细情趣也要有几分失色。特别是小说中麻子与夏二一起参观桂离宫的情节,川端康成以细致的笔触带领读者游览了整个桂离宫。小说中代表生的力量的人物麻子和夏二在这里情愫初萌,夏二也在此处发出了"回忆就当成回忆,像这桂离宫一样,静静地待着,只要不给活着的人增添痛苦,就好了"的感叹。

在《我在美丽的日本》中,川端康成写道:

以研究波提切利而闻名于世,对古今东西美术博学多识的矢代幸雄博士,曾把"日本美术的特色"之一用"雪月花时最怀友"的诗句简洁地表达出来。当自己看到雪的美,看到月的美,看到四季时节的美而有所省悟时,当自己由于那种美而获得幸福时,就会热切地想念知心的朋友,但愿他们能够共同分享这份快乐。这就是说,美的感动,强烈地诱发出对他人的怀念之情。这个"朋友",也可以看作广泛的"人"。另外,以"雪、月、花"几个字来表现四季时令变化的美,在日本这是包含着山川草木、宇宙万物,大自然的一切,乃至人的感情的美,是有其传统的。

译后记

因此，我们才能在川端康成的小说中看到如此不厌其烦地描写一处庭院的细节。他让人物穿行在日本的风土之中，与读者共同分享因这片风土而孕育出的人情和美感，正因如此，川端康成的小说才被视为对日本传统精神的完美继承。

图书在版编目（CIP）数据

彩虹到来时 / (日) 川端康成著；安素译. — 北京：文化发展出版社有限公司, 2019.11
 ISBN 978-7-5142-2829-8

Ⅰ. ①彩… Ⅱ. ①川… ②安… Ⅲ. ①长篇小说—日本—现代 Ⅳ. ①I313.45

中国版本图书馆CIP数据核字（2019）第246489号

版权登记号 图字：01-2020-1270

NIJI IKUTABI
by KAWABATA Yasunari
copyright © 1950–1951 The Heirs of KAWABATA Yasunari
all right reserved.
Originally published in Japan.
Chinese (in simplified character only) translation rights arranged with
The Heirs of KAWABATA Yasunari, Japan
through THE SAKAI AGENCY and BARDON-CHINESE MEDIA AGENCY.

彩虹到来时

著　者：[日]川端康成
译　者：安　素

责任编辑：周　蕾
出版发行：文化发展出版社有限公司（北京市翠微路2号　邮　编：100036）
网　　址：www.wenhuafazhan.com
经　　销：各地新华书店
印　　刷：河北鹏润印刷有限公司

开　本：880mm×1230mm　1/32
字　数：148千字
印　张：8
版　次：2020年4月第1版　2020年4月第1次印刷
ＩＳＢＮ：978-7-5142-2829-8
定　价：45.00元